辺境伯家次男は 転生チートライフを 楽しみたい

HENKYOUHAKUKE
JINAN HA TENSEI CHEAT LIFE
WO TANOSHIMITAI

vol.2

著 ベルピー
ill. Akaike

主な登場人物
リース
人もモンスターも
メロメロにする、
もふもふのフェネック。
スイム（人化した姿）
スイム
クリフがテイムした、なんでも
取り込めるすごいスライム。
クリフ・ボールド
本作の主人公。仕事帰りにトラックに
ひかれ、異世界に転生。辺境伯家の次
男として生まれると、理想の異世界生
活を叶えるため全力投球する。

パイン
帝国擁する、傲慢で自分勝手に振る舞う勇者。
グラン
クリフが召喚した、人化できる最強スライム。
セリーヌ・サリマン
サリマン王国の第二王女で、クリフの婚約者。
マッシュ・ステイン
クリフの同級生の武闘派爽やかイケメン貴族。

第3章　高等学校編　さあチート&ハーレムのはじまりだ！

第28話　はじまる学校生活……テンプレ発生⁉

僕は今、今日からはじまる高等学校へ向けて足を進めていた。

あ～今日からやっと学校が始まるな～。何があるか楽しみだな。まずは友達だろ。クラスのメンバーとは仲良くやっていきたいな。ハーレムハーレム言ってたけど、友達から徐々に仲良くなって、いつの間にかハーレムメンバーって方がやっぱ現実的だよな。初めからハーレムを意識するからうまくいかない気がする。よし、そうしよう。友達友達、友達意識だ！

学校生活への期待に胸を膨らませながら歩いていると、すぐに学校にたどりついた。僕は一年Sクラスの教室に向かった。

お～周りにいるのは同学年だよな～。やっぱ学校には色んな人がいるな～。なつかしい。前世の学校と一緒だ。知らない人ばっかりだからちょっと緊張するけどがんばれ僕！　って感じだな。それよりも、なんかチラチラ見られてる気がして落ち着かないな……。

「おい。あれ今年の首席じゃないか？」

「かっこいいわ～。友達になりたいけど、なんて声かけたらいいのかしら」

「顔もよくて実力もあって権力もあって、リア充かよ」

ヒソヒソ話が聞こえるよ……気まずい。僕も声かけたいけど、まだ学校でのキャラ設定が決まってないからどうしたらいいかわからないな……今日は静観でいこうっと。リア充って言っても、まだ何もしてないんだよな～。今の僕って友達が少ないボッチ候補だしな……。

周りのヒソヒソ話に耳を傾けながら、内心の戸惑いを表情に出さないようにクラスに向かっていく。すると、「おい。獣人、お前のせいで俺がCクラスになったじゃねぇか」と、声が通路から聞こえてきた。

おっ、テンプレか？？？

僕はテンプレ発生の予感がして声のした辺りに向かった。

するとミーケが男子生徒三人に絡まれていた。ミーケはキツネ耳のかわいい女の子で、王都にある宿屋「やすらぎの里」の娘でもあり、僕の同級生だ。

「ミーケ!!　どうしたんだ？」

「あっ、クリフくん。いや、私も何がなんだか……いきなりこの人たちに声をかけられたんだよ」

「なんだお前は？　関係ないやつは引っ込んでろよ。今はその獣人に話をしてるんだ。おい!!　獣人のくせにＢクラスなんて生意気なんだよ。お前がいるから俺がＣクラスになってしまっただろ。今からＢクラスを辞退してこいよ。そうしたら俺がＢクラスに上がれるんだからな」

なんだ。この意味不明理論は？　クラスは試験の成績順なんだから獣人とか関係ないじゃん。そもそもこの国では獣人差別は禁止されている。獣人のくせにって時点でアウトだろ？　こいつも入学試験の時に騒いでたやつみたいに俺様が俺様がってやつだな。こういうやつってざまぁされるのがテンプレなんだが、本人って自分が痛いやつだってわからないんだろうか？

「いやいや。お前こそ何言ってるんだ。クラスは入学試験で決まるんだろ？　ミーケががんばって、お前ががんばらなかった結果だろ？　思ってたクラスじゃないから他の人に文句言うなんて、普通にあり得ないだろ？？」

「うるさいうるさい。お前には関係ないだろ。そもそも獣人のくせに俺よりも上のクラスにいることがあり得ないんだ。俺は貴族だぞ。獣人は大人しく俺とクラスを代わればいいんだよ」

いやいやクラスを代われって、そんな簡単に、しかも勝手にできるわけないじゃん。どうして残念な人って頭も残念なんだろうか？？

「そもそも貴族とか獣人とかって、ここじゃ関係ないだろ。権力使っても全く意味ないよ。知らないのかな？」

僕は冷静に、激怒している貴族の生徒に言った。

「ザンネ様、この方は辺境伯家のクリフ様です。あまり騒動を起こさない方がいいかと思います」

隣にいる生徒がそいつにこそっと耳打ちした。貴族の名前はザンネというらしい。

いやいや聞こえてるけど……ザンネって残念なやつみたいな名前だな……。

「まあ、今日はこのくらいで許してやるよ」

僕の正体を聞いたザンネは、取り巻きを連れてサササッと去っていった。

えっ……逃げるの早!? 典型的な小物だ。強者に弱く弱者に強いってやつだな。学校にもああいう人は少なからずいるよね。前世ではああいうのは見て見ぬふりするだけだったけど、今は理不尽に立ち向かう権力も実力も僕にはあるんだ。間違ってることは間違ってるって指摘するのって当然のことだし、今後もこんなことがあったら僕はがんばって立ち向かおう。

前世ではいたって普通の学生だった僕は、この世界では好きに生きると決めていた。好きに生きると言っても、乱暴したりわがままに生きるわけではない。正しいことと間違ったことを見極め、間違ったことにはしっかりと対応し、見過ごさない。前世ではできなかったことを僕はやってみたかった。

「クリフくん、ありがとう。助かったよ」

「ミーケ。無事ならいいんだ。あんなことってよくあるの？」

「うん……未だに獣人を差別する人って少なからずいるから……」

「そうなんだ。悲しいことだな。なんかあったら僕に言ってよ。力になるからさ」

「ありがとう、クリフくん」

そうだクリフ。ハーレムとかを意識するんじゃなくて友達として接しろ。そうしてればミーケともそのうちフラグ立つから。下心出すな。下心出すな。

僕は自分に言い聞かせて、学校の初回テンプレをうまく切り抜けたのだった。

第29話　Sクラス勢ぞろい⁉　セリーヌ神様〜‼

痛い貴族から絡まれているミーケを助けると、周りからのヒソヒソ話と視線が二割増しぐらいになり、落ち着かなくなって早足でSクラスの教室に向かった。

Sクラスの教室に入ると既に何人かは室内にいた。

既に半分ぐらいはいるな。ってセリーヌもいるな。そういえば、僕は合格発表の日もすぐに帰ったから、誰がSクラスなのか知らないな。セリーヌはSクラスだと思ってたけど、マッシュとかもSクラスだったはず……。とりあえず、周りになんとなく挨拶しながら王族のセリーヌに声をかけに行くのが常識かな？

そう思ったが、教室内の生徒から一気に視線を浴びて緊張して、目線をキョロキョロさせながらその場に立ち尽くしてしまった。

みんなこっち見てるよ～。当然か……入学式では堂々と四年間主席を維持するって宣誓して目立っちゃったもんな……しかし、いきなり視線浴びると気まずいぞ……どうしたらいいんだ。小心者だな、僕って……これじゃ前世と変わらないじゃないか。好きに生きるって決めただろ。さっきも騒動を起こしてる貴族に立ち向かっただろ。がんばれ僕。

行動を開始しようと心に決めて動き出そうとした瞬間、セリーヌから声がかかった。

「クリフ様～!! おはようございます」

おお～セリーヌ。あなたは神か。セリーヌ様、いやセリーヌ神様と呼ぼう。

セリーヌに声をかけられたことで場が和んだ気がしたので、僕はそのままセリーヌの元に歩いていった。

「セリーヌ様、おはようございます。セリーヌ様もSクラスだったんですね。さすがですね。僕はあまり知り合いもいないので、セリーヌ様に話しかけてもらってすごく助かりました。どうしたらいいのかわからなかったので」

「はい。もちろんです。クリフ様と同じクラスになりたかったですから。それと学校でもセリーヌと呼んでください。ここでは身分は関係ありませんから」

「わかったよ。セリーヌ。同じSクラスとしてよろしくね」

「はい。こちらこそですわ」

「たしかSクラスって二十人だったよな。セリーヌはSクラスのメンバーを知ってるの？」

「もちろんですわ。皆さん有名な人ばかりですから。中でもクリフ様が一番の有名人ですよ」

「えっ、そうなの？？　僕は恥ずかしながらSクラスのメンバーをまだ知らないんだよね。仲良くなりたいし、セリーヌ、後でもいいから紹介してくれないか？」

「はい。わかりましたわ」


僕とセリーヌが世間話をしていると、いつの間にか教室内は二十人全てそろっており、先生と思われる人が入ってきた。

おっ、いつの間にか全員そろってるな。知ってる顔は少しだけだな。って元々知ってる人は全然いないんだ。当然か。

「みんなおはよう。席は決まってないから、とりあえず空いてる席に座ってくれるかな」

先生が入ってきたので、みんな席に着く。僕もセリーヌの隣が空いていたので、その席に座った。

「みんな席に着いたね。今日からSクラスを担当するフローラだよ。授業は主に魔法学を担当してるから、魔法のことでわからないことがあったら私に聞いてね。最初にみんな、Sクラスおめでとう。Sクラスは学年の上位二十人しか入れないから競争率が激しいんだ。みんなにはSクラスを四年間維持できるようにがんばってほしい。その辺りのシステムについては後で説明するからね。まあ、私も君たちと四年間一緒に過ごしたいからなんでも相談してね。まずは私もSクラスのメンバーのことを知りたいので、自己紹介からしようか。順番はそうだな……やっぱり首席のクリフ・

ボールドくんからだね」

フローラ先生がそう言うと、みんなの視線が一斉に僕の方を向いた。

えっ、みんなの視線がこっちに集中してる。やりづらいんだけど……まあ知ってる人も少ないからアピールタイムは大事だよな。ここで名前と「よろしくお願いします」だけの前世でよくある自己紹介は危険だな。よし、気合い入れるか。名前、出身、得意なことぐらいは言うようにしよう。よし、目標二分で行こう。

学校生活の始まりといえば自己紹介タイム。前世を含めて何度もやってきた自己紹介だが、ここ異世界では目標がある。そのためにも自己紹介といえども気を抜けない。

僕はその場に立って周りを見回した。

おっ、マッシュいるじゃん。それに入学試験の時に会ったアリスとシェリーもいるな。マッシュの友達のマロンとリーネもいるし、なんだ、けっこう知ってる人いるじゃん。ちょっと安心した。

知ってる顔が何人かいることを確認すると緊張がちょっと和らいだ。

「皆さん初めまして。クリフ・ボールドです。ご存じとは思いますが、運よく今年の首席になることができました。ボールド領は辺境にあるので王都のこととかあまり知りませんし、王都に知り合いもあまりいません。気軽にクリフと呼んで仲良くしてください。学校では、さっきも先生が言ってましたがSクラスを四年間維持するのが目標です。もちろん一度首席を取ってるのでずっと首席を取り続けたいと思ってます。一緒にがんばれる友人とかいるとやる気にもつながると思うので、ここにいるメンバーで四年間過ごせたらいいなと思います。これからよろしくお願いします」

なんか丁寧な感じになったけどよかったかな……やっぱり人前で話すのって苦手だな。これは慣れていくしかないのかな……。

「はい。では次にセリーヌさんお願いします。その後は席の順に右から自己紹介していきましょうか。全員の自己紹介が終わったら質問時間を取りましょう。この時間を使ってSクラスの仲間のことを知ってくださいね」

次は次席のセリーヌだな。セリーヌは王族だし、人前で話すこととかけっこうあるだろうし、こういうのも慣れてるんだろうな〜。

「セリーヌ・サリマンと申します。皆さんご存じだとは思いますが、この国の第二王女です。ただ、学校では身分など関係ないのでセリーヌとお呼びください。私も先ほどクリフ様が言ったように皆さんと仲良くSクラスを四年間維持したいと思っておりますので、どうぞよろしくお願いします」

その後、クラス全員の自己紹介が終わり、Sクラスメンバーの名前がわかった。

クリフ・ボールド：辺境伯家次男、首席
セリーヌ・サリマン：王国第二王女、次席
ユウリ・ルート：伯爵家次女、セリーヌの付き人①
マーク・ハーマン：子爵家長男、セリーヌの付き人②

マッシュ・ステイン：伯爵家長男、武闘派
フレイ・ファイン：侯爵家長女、北の魔女
ルイン・ミッドガル：男爵家長男、北の剣聖
ソロン・マーリン：子爵家次男、賢者
ジャンヌ・ユーティリア：公爵家次女、セリーヌの友人
ソフィア・アルベルト：侯爵家次女、セリーヌの友人
アリス：平民、入学試験で絡まれていた女性
シェリー・コールマン：子爵家次女、アリスの友人
マロン・メビウス：男爵家長男、マッシュの取り巻き①
リーネ・モートン：男爵家長女、マッシュの取り巻き②
フィル：エルフの女性、『精霊魔法』が使える
ポロン：平民、ミラクル商会の跡取り息子
タフマン・サッカー：男爵家長男、騎士の家系の武闘派
ロイド：平民、魔道具師の息子
ドラン：平民、『土魔法』使いでゴーレム使い
バネッサ：平民、道具屋の娘

有名どころが多いな。貴族も多いし、くせが強そうなのも多いな。気になるのはエルフと公爵家、侯爵家の令嬢。やっぱり綺麗だな。セリーヌの友人みたいだから後で紹介してくれるかな。でもセリーヌ以外の女性に色目を使うとセリーヌは嫌がるだろうし、なんか難しいな。

「はい。みんな自己紹介が終わりましたね。まだ時間はあるから残りの時間は質問タイムにします。聞きたいことがあったらどんどん聞いて、この時間でさらに仲を深めてくださいね」

質問タイムか。ここは先頭を切って質問するのが目立つよな。ある程度は目立っておいた方が、今後を考えるといいよな。積極的に行動する姿勢は周りからも高評価だろ？　さて、誰に何を質問するかな……。ここはやっぱりセリーヌだな。よし。

僕は手を挙げた。

「おお～早速ですね。じゃあクリフくん」

「はい。セリーヌに聞きたいんだけど、セリーヌって魔法とかは使えないの？　僕はあんまり詳しくないんだけど、この学校って魔法とか使えなくても入れるモノなの？」

「そうですね。私は魔法は使えますが、そこまで得意ってわけではありません。クリフ様はご存じないんですね。この学校は『文』か『武』に優れていれば入学できるんですよ」

「ああ、その辺りは次の時間に説明するから大丈夫だよ」

フローラ先生がセリーヌの話をさえぎって答えた。

なるほど。だから強そうな人もいれば、明らかに戦闘とかできないだろ!!　って人もいるのか。

「じゃあ私からもクリフ様に質問させてください。クリフ様は剣も得意だと聞きましたわ。入学試験では魔法を使っていましたが、剣と魔法ではどちらの方が得意なんですか？」

「そうだね。どちらが得意かと言われればどっちも得意っていうのが答えかな。どっちが好きかと言われれば魔法の方が好きかな。魔法って色々できるし、おもしろいからね」

「魔法がおもしろいって言えるクリフくんはすばらしいです。そうなんです。魔法っておもしろいですよね。クリフくんは入学試験で青い『ファイヤーボール』を出したと聞きました。私も魔法学の教師としてクリフくんの魔法には興味があります。って、あっ、私が入ったらいけませんね。すみません。質問タイムを続けてください」

フローラ先生がそう言って、Sクラスメンバーの質問タイムは途切れることなく続いていき、やがて時間が来たので質問タイムは終わりになった。

☆

今は自己紹介タイムが終わって休憩中だ。

僕の元にマッシュが近づいてきた。

「ようクリフ。久しぶりだな。同じSクラスとしてよろしくな」

「マッシュ、久しぶりだね。こちらこそよろしくね」

「マッシュ様、お久しぶりです。同じSクラス同士お願いしますね」

「セリーヌ様……セリーヌさんか。こちらこそよろしくお願いします」

「マッシュはセリーヌと知り合いなの？」

「いやいやクリフ、王国にいてセリーヌさんを知らない人なんかいないだろ！　同年代のやつなら親と一緒にパーティーとかも行くから、上位貴族はほとんどみんな顔見知りだな。お前ぐらいだよ。上位貴族で何も知らないのは」

なるほど、貴族の付き合いってやつか。じゃあ僕以外はみんなけっこう仲が良いのか？　やばい……早く溶け込まないとボッチになるんじゃ……。

セリーヌやマッシュとそんな話をしていると、フローラ先生が戻ってきた。

「はい。では始めますよ。今日は授業じゃなくて学校の説明、オリエンテーションだから気軽に聞いてくれればいいですからね」

フローラ先生は親しみやすいな。先生として人気が高いんだろうな。

僕は綺麗で親しみやすいフローラ先生を見ながらニヤニヤしていた。ただ……その顔をセリーヌに見られていたことには気づかなかった。

「じゃあ、最初に言ったようにクラスのことから話していきます。まずこの高等学校では上位二十人がSクラスになっています。その下にAクラスからEクラスまであります。それぞれのクラスの人数は四十人から五十人くらいです。『文』の生徒は年に二回全体の総合試験があって、その成績でクラスが決まります。『武』の生徒は年に三回序列戦があって、その成績によって入れ替えがあります。つまり、一年間に何度もクラスのメンバーが替わる可能性があります。それから……」

なるほど、Sクラスは『武』の生徒の上位十人と『文』の生徒の上位十人からなってるんだな。セリーヌは『文』の生徒のトップってことか。たしかに『武』と『文』は分けておかないと実力が測れないよな。

ちなみにSクラスの内訳は次のようになっている。

『武』
クリフ・ボールド
マッシュ・ステイン
フレイ・ファイン
ルイン・ミッドガル
ソロン・マーリン
マロン・メビウス
マーク・ハーマン
フィル
タフマン・サッカー

ドラン

『文』
セリーヌ・サリマン
ユウリ・ルート
アリス
シェリー・コールマン
ジャンヌ・ユーティリア
ソフィア・アルベルト
リーネ・モートン
ポロン
ロイド
バネッサ

まあ、だいたい男子が『武』で女子が『文』って感じだな。一部違うところもあるけどそんな感じかな。で、それぞれに試験があって、メンバーが替わる可能性があると。

『武』の生徒は年に三回序列戦があり、Sクラスで言えば、序列戦で一位から十位までを決める。

その後、下位二人の九位と十位がAクラスの上位二人と戦闘を行い、勝った方が上位クラスに移動する、という流れだという。ただし、年に二回の総合試験で成績が著しく悪い場合は下位クラスに落ちることもあるそうだ。

『文』の生徒は年に二回の試験の結果がそのままクラスにつながる。上位十人がSクラスになり、そのままAクラス、Bクラスと続いていくようだ。ただ、Sクラスは必ず二十人限定というわけではないらしい。Sクラスの実力があると思われれば、二十人が二十二人になることもあるということだ。

Sクラスの下位にならなければAクラスに落ちることはないってことだな。なら四年間、とりあえずはSクラスでいけそうだ。できればそんなにメンバーは変わってほしくないよな。前世でもクラス替えとかあったけど、友人とクラスが替わってあまり話さなくなった、ってよくあったし。

「で、最初の序列戦は七月の『武』のSクラスの序列戦、九月に『文』の総合試験、十一月に『武』の序列戦、三月は『武』の序列戦と『文』の総合試験というスケジュールになります。基本的には、Sクラスの生徒は授業の単位の取得などもきつくないので自由時間が多いです。逆に言えば、怠けていると周りに追い抜かれていくということです。家の仕事などで忙しい人もいるかと思いますが、しっかりと研鑽《けんさん》してくださいね」

なるほどね。貴族だと家の仕事も多い。だからその分、授業の規制はゆるくしてるんだろうな。ただ、試験でいい成績を残せなかったら容赦なくクラスが下がるということか。自分自身に厳しくしないといけないってことか。うまくできてるな。

「次に授業の内容について説明しますね」

授業か～。どんな感じなんだろ？　単位の取得はそれほど難しくないって言ってたよな。

「まずみんなにはそれぞれ好きな授業を選択してもらいます。基本科は全員が必須です。それ以外は自由なので、選択した授業を受けて単位を取得してください。一年間で十単位取得できれば二年生に上がれます。逆に十単位取得できなかったら来年も一年生のままです。留年ってやつですね」

大学みたいなモノか。十単位ってことは十個授業を受ければいいのか？　その辺の説明もしてくれるんだよな？

「次に単位を取得できる授業の種類を説明しますね。貴族科、内政科、魔法科、冒険科、家庭科、歴史科、商業科、調理科、剣術科、武術科の十科目があります。それぞれの科目で一年間で一から三単位の取得が可能です。また、『文』の生徒は年に二回の総合試験の結果によっても単位が取得できます。皆さんはSクラスにいる、つまり『文』の試験の上位者なので自然に二単位は取得できます。総合試験は年に二回あるから合計で四単位ですね。授業や試験以外に、すばらしい功績を上げた場合も単位を取得できることがあります。これは生徒がそれぞれ行っている研究活動の成果などですね。それから～……」

なるほどなるほど。だいたいわかったぞ。授業を受けて一から三の単位を取得する。五つか六つ授業を受ければ平均二単位の取得で十単位になって進級できるって感じか。それ以外にも試験の結果や研究活動？　大学のゼミみたいなやつだろう。それでの成果によっても単位が得られるって感じだな。そうすると、どの授業を取るか悩むな。どれも魅力的なんだよな〜。

「以上で今日のオリエンテーションは終わりです。残りは自由時間です。学校の設備を確認したり、食堂を見たり、学生寮に住む人は寮に移動したり、自由に使ってください。それと選択する授業は今日中に決めて、明日の朝提出してくださいね」

フローラ先生はそう言って教室から出ていった。残された生徒はそれぞれどうするか話し合っている。

さて、どうするかな。興味があるのは冒険科と魔法科と調理科だな。逆に興味がないのは家庭科と貴族科と内政科か。基本科は全員必須だから決定として、冒険科、魔法科、調理科と剣術科を取って五つにしようかな。自由時間に図書館とかで勉強するのもありだし、研究活動にも興味があるからな。

どの選択科目を取るか悩んでいると、「クリフ様はどの科目を取るんですか？」とセリーヌが話しかけてきた。

「ああ、セリーヌ。どうしようか悩むところだけど、一応冒険科と魔法科と調理科と剣術科にしようかと思ってるよ。セリーヌはどうするの？」

「私は貴族科、内政科、家庭科、調理科、歴史科を取ろうと思ってますわ。それと……これはお父様からですが、クリフ様はきっと貴族科と内政科に興味を示さないから取得するように伝えてくれと言われております」

セリーヌは小声で僕に王様から言われた内容を伝えてきた。

「えっっ⁉」

僕の取得科目がいきなり二科目確定した瞬間だった。

王様からの頼みなら断れないな～。しょうがない。

「わかったよ。じゃあ貴族科、内政科、冒険科、魔法科、調理科にしようかな。あとは図書館とか研究活動に興味があるからそっちに時間使いたいしね」

「ありがとうございます。貴族科と内政科と調理科は一緒ですね」

セリーヌと相談しているとマッシュも話しかけてきた。

「クリフ～。どの科目取るか決まったか？」

「マッシュ！　僕は決まったよ。マッシュはどうするの？」

「まあ貴族科と内政科は親父に取れって言われてるから確定だな。ていうか、ここにいる貴族はその二つは取るだろうな」

ははは。僕は取る気なかったけどね。僕は苦笑いを浮かべた。

「そうだね。僕はあと、冒険科と魔法科と調理科を取ろうと思ってるよ。将来は冒険者志望だし、魔法もおもしろいし、冒険中おいしい食事は必須だからね」

「なるほどな。そうかクリフは次男だもんな。俺は剣術科と武術科と冒険科だな」

「マッシュは魔法科は取らないの？」

「魔法はあまり得意じゃないからな。どうせなら得意なことを伸ばしたいしな」

「そっか〜」

マッシュの言うことも一理あるな。この赤髪イケメンはどう見ても武術寄りの身体してるもんな〜。

「それよりも、科目決まったなら食堂に行かないか？　どんな食事が出るか気になってよ〜」

「あっいいね〜、僕も興味ある。行こう行こう」

僕はセリーヌに話しかけた。

「じゃあセリーヌ、僕たちは食堂にご飯食べに行ってくるよ。あっ、セリーヌも行く？」

「クリフ様。お誘いはうれしいんですが、この後、王城に戻らないといけませんの。申し訳ありませんが、また後日誘っていただけますか？」

「王族も大変なんだね。わかったよ。次また誘うね」

そう言って、マッシュとその取り巻きのマロンとリーネとともに、教室を出て食堂に向かった。

第30話　食堂で上級生に絡まれる⁉

「お～、さすがに広いな」

たしかにすごく広い。まあ当たり前か。四学年の生徒が利用するんだもんな。

「上級生とかもけっこういますね。とりあえず空いてる席に座りましょう」

マロンが率先して空いている席を探して席取りしてくれた。

上級生が多くいるのがすぐにわかるのは、制服にその理由がある。

高等学校では生徒は制服を着ている。前世と同じように男子はブレザーで女子はセーラー服だ。

ネクタイの色が学年で変わっている。

四年生が赤、三年生が緑、二年生が紺、一年生が水色だ。

女子は同色のリボンを付けている。

空いている席を確保した僕たちは早速料理を選びに行った。

おっ、唐揚げ定食がある。唐揚げって好きなんだよな～。僕はこれにしよう。

目当ての献立があったのですぐに決めて、唐揚げ定食を持って取っていた席に戻った。

先に食べるのはマナー違反だよな。マッシュたちが戻ってくるまで待つか。

すると、上級生の女子生徒から話しかけられた。

「あなた、クリフ・ボールドくん？」

「はい。そうですが……あなたは？？」

「ああごめんなさい。私はルル・モーガンよ。リボンでわかると思うけど三年生ね」

「ルル先輩ですね。それよりいきなり話しかけてきてどうしたんですか？？」

ナンパか？　初逆ナンパか？？　……いやそれはないか。

「クリフくん今年の首席でしょ。すごいじゃない。見かけたから仲良くしようと思って声かけちゃった」

ペロって感じでルル先輩はウインクした。

やばっ!!　かわいい～。

「ありがとうございます。まだまだ学校のことをよく知らないので色々教えてくれると僕も助かります。こちらこそ仲良くしてください」

「本当!?　やった～。うれしいわ。私もここの席、お邪魔していい？」

そのタイミングでマッシュたちが戻ってきた。

「あれっルル先輩!?　どうしたんですか？　こんな所で」

「マッシュじゃない。そういえばあんたも今年入学だったわね。どうしたって今年の首席のクリフくんを見つけたから声かけてたのよ。マッシュたちがいるなら私も同席していいわよね」

「まあ席は空いてるから大丈夫ですよ」

「マッシュ！　ルル先輩を知ってるの？」

「ああ、ルル先輩の家とは親同士が仲良くてな。その関係で昔からよく知ってるんだ」

「そうなのよ～。もうマッシュ、クリフくんと知り合いなら教えなさいよね!!」

ルル先輩ってぐいぐい来るな。僕はあまりしゃべるのが得意じゃないから、こういうぐいぐい来る人は嫌いじゃないんだよな～。

「それでクリフくん。研究活動とかは決まってるの？　まだなら私が所属してる研究会に来ない？　魔法研究会で魔法について色々研究してるのよ」

「魔法研究会!?　興味ありますね」

「ルル先輩。あまりクリフに絡まないでやってくださいよ。これでもこいつは注目の的《まと》なんです。親父も言ってたけど、色んな貴族が取り入ろうとしてるらしいし」

それを聞いた僕は驚いて言った。

「えっ!?　そうなの!?」

「ああ。だってお前考えてみろよ。大貴族の息子で今年の首席。史上最速のBランク冒険者に大賢者の再来。話題性抜群だろ」

ルル先輩がまた口を開いた。

「その噂、マッシュも知ってるんだね」

「当たり前ですよ。ここの生徒、っていうか貴族なら、親から聞いてほとんどの人が知ってると思いますよ」

「まじか～!?　面倒事は困るんだけどな～」

僕は頭を抱えた。

「まあ、やり過ぎたら注意を受けるだろうからそこまで面倒事にはならないと思うけど、こればっかりはわからないな～」

「私は単純にクリフくんに興味があったから話しかけたのよ。入学試験で見せた青い『ファイヤーボール』なんて魔法研究会の部長として放っておけないわ。フローラ先生も興味津々だったし」

「フローラ先生も知ってるんですか？」

「知ってるも何も、魔法研究会の顧問はフローラ先生よ」

「へぇ～。そうなんですね。興味あるんで一度見学に行こうと思います」

「ええ、よろしくね」

「ルル先輩は氷魔法が得意なんだよ。それで魔法研究会の部長をしてるんですよね」

「ええ。マッシュは魔法が全然だから、一緒にいても話が合わないのよ。剣術とか体術は私が全然ダメだし」

ルル先輩ってけっこう話しやすいな。年上っていうのもいいよな……いかんいかん。変に意識したら関係が崩れる。平常心平常心っと。

マッシュとルル先輩の話を聞きながら、食事の時間は楽しく流れていった。


「クリフは午後はどうするんだ？」

「そうだね～。図書館に行ってみようと思ってるよ。それで、その後は学生寮への移動かな」

「クリフは学生寮なんだな」

「マッシュは違うの？」

「ああ。俺はこっちに家があるからな。家から通ってるんだ」

「クリフくん。図書館なら私が案内しようか？？」

「ルル先輩、ありがとうございます。でも大丈夫です。一人で色々見ながら行ってみたいので」

「そう。じゃあしょうがないか。わからないことがあったらなんでも聞いてね。三年生だから先輩としてクリフくんやマッシュより学校のことは詳しいしね」

「ありがとうございます。マッシュは午後はどうするの？」

「ああ、俺は剣術と体術の研究会を見てみようと思ってるよ。まだまだ強くなりたいからな」

「マッシュらしいね。マロンとリーネもついていくの？」

「うん。マッシュが問題を起こさないように見張ってないとね」

「ええ。マッシュ様が騒動を起こすといけませんから」

「いやいや、俺を問題児みたいに言ってるけど騒動なんか起こさねぇし」

「ははは。マッシュも大変だね」

食事を終えた僕はマッシュたちと別れて図書館へ向かった。

第31話　図書館と言えば……テンプレの出会い⁉

僕は図書館を探して校内を歩いていた。

図書館といえば学校から少し離れた所にあるって相場が決まってる。多分あの建物だろう。違ってたら違ってたで別を探せばいいしな。

図書館が学校にあることは事前に知っていた。ただ場所は知らなかったので、図書館っぽい建物を探して歩いていた。

「ビンゴ‼　さすが僕だ。運もいい。しかもさすが王都一の図書館だ。でかい‼」

早速図書館に入り、受付で説明を聞いた。

「生徒の利用は無料です。どの本も自由に読んでいただいて大丈夫です。貴重な本が多いので、持ち出した場合は必ず元の場所に戻してください。テーブルがある所で読んでいただいても大丈夫です。ですが周りの迷惑になりますので、話す時は声を抑えてお願いします。また本が汚れるといけませんので、ここでの飲食は禁止となっています。本の貸し出しも原則しておりません。どうしても貸し出しが必要な場合は校長の許可が必要になります」

だいたい元の世界の図書館と同じ仕組みだな。それにしても大きいな～。三階建てで全ての棚に本がびっしりだ。たしかに貴重な本も多いんだろうな。

「わかりました。ありがとうございます」

この世界で本はとても貴重なモノだ。印刷技術がないから簡単に複製できない。僕も以前、魔法書とスキル書を購入したが、一冊で金貨二十枚だった。

そういえば、あの時にスキル書を買ってスイムを仲間にしたんだよな～。スイムはまだミーケ以外誰にも見せてないけど、仲間だしSクラスのメンバーにはそのうちお披露目《ひろめ》したいな。それに『召喚魔法』の本も買ったんだっけ。読むの忘れてたな。まあ、今は図書館だ。これだけの量だ。四年間で気になる本はかたっぱしから読もう。前世の大学生の時とかは図書館ってあまり利用しなかったけど、こっちの世界では努力は実を結ぶのを知ってるし、読むのは全然苦じゃないもんな。

僕はまずはどんな本があるか、一階から順に三階まで見て回ることにした。

歴史書に小説……小説多いな。娯楽的な英雄譚とかはどこの世界でも人気なのかもな。あと恋愛小説とか……。僕はあまり読んだことないけど英雄譚とかは読んでみてもいいかも。それに魔法書やスキル書も多くある。これはすごいな。アイテム図鑑とか薬学の本とか魔道具の本とか、気になる本が多すぎるな……。

興味のある本が多すぎて何から手を付けていいかわからなくなったが、とりあえず魔法の本を選んでみた。何冊か棚から取って一階のテーブルで読むことにした。

やっぱり魔法って詠唱が基本になってるよな～。でも詠唱ってしなくても魔力を身体から放出するだけだから、別に誰でも『無詠唱』で魔法が使えると思うんだけどな～。まあ、授業とかでも習うだろうから知識として詠唱は覚えておくか。

この世界での魔法は、『詠唱魔法』が基本である。

詠唱することで魔力を『属性魔法』に変換して放出している。僕のようにイメージしなくても魔法を使うことができるので、ほとんどの人がそうしている。いや、魔法を使うためには詠唱しなければならないと思い込んでいる人がほとんどである。

でもな～。『火魔法』を使うのに「この世に存在する『火』の精霊よ。我に力を与え目の前にいる敵を打ち払え。『ファイヤーボール』」って長いし恥ずかしいよな。言ってる間にやられちゃうよ。

ぶつぶつ言いながら魔法書を読んでいると「あれっ、クリフくん？」と話しかけられた。

顔を上げると本を何冊も持った女子生徒が目の前にいた。

「バネッサさん？？　だったよね。バネッサさんも本を読みに来たの？？」

「ええ私、本を読むのが好きだから。それにこんなに多くの本があったら一日中ここにいられるわ」

図書館で出会ったのは同じクラスのバネッサだった。

「たしかバネッサさんは道具屋の娘さんだったよね。素材とか調合とかの本を読みに来たの？」

「そうね。本って貴重で高いし、生徒なら無料で図書館を利用できるでしょ。薬草とかの調合方法をもっと知りたいし、他の調合の方法とかも調べたいからね。小説とかも好きだからよく読むわよ。クリフくんは……魔法の本ね。さすが首席！　勉強熱心ね」

「いやいや、それならバネッサさんだってそうじゃん。まあ僕も本を読むのは好きなんだ。多分ちょくちょくここには来ると思うよ」

「バネッサでいいよ。クリフくんは魔法が得意って言ってたもんね。あっ、私もここで本を読んでいい？」

「大丈夫だよ」

図書館での出会いキター!!　バネッサか。図書館つながりで仲良くなれるといいな～。

「バネッサは自分で薬とか作ったりするの？」

「ええ。簡単なポーションとかなら作れるわよ。難しいのはまだ無理だけど、作るのは楽しいわ」

「今度よかったら僕にも教えてくれないかな？？　僕って冒険者志望なんだよね。自分でポーションとか作れたら役に立つかなって」

「そりゃ役に立つわよ。教えた結果、うちからポーションを買ってもらえなくなると困るけど、教えるのは構わないわよ。でも私も教えられるほど上手じゃないわよ」

「ありがとう。じゃあ僕も薬草の本とかを読んで知識を仕入れておくよ」

僕とバネッサは話をしながら本を読んで午後を過ごした。時間が経つのは早く、気づいたら夕方になっていた。

「ああもうこんな時間だ。学生寮に行かなきゃ」

「クリフくんは学生寮なのね。王都に店があるから、よかったら今度ポーション買いに来てね」

「うん。今度寄らせてもらうね」

僕は図書館を出て急いで学生寮に向かった。

学生寮に着くと自分の部屋に荷物を広げて、明日からの学校生活のために準備をするのだった。

☆

昨日は新しい出会いの連続だったな。

クラスのメンバー二十人にフローラ先生、三年生のルル先輩、図書館ではクラスメイトのバネッサに出会ったっけ。初日にしてはまずまずだな。クラスのメンバーとはまだまだ接点がないからあまり話せてないけど、『武』のメンバーは魔法科か冒険科で一緒だろうからそこで仲良くできたらいいな〜。問題は『文』のメンバーだよな……女性が多いからぜひとも仲良くなりたいけど、きっかけがないんだよな〜。調理科で一緒になるのを期待するか、昨日みたいに図書館とかで出会ったら個別に仲良くなれるからベストなんだけどな〜。

僕の学校での目標はチートを使ってハーレムを築くことである。そのためには女性に好意を持ってもらわないといけない。仲良くなれば好意的に思ってくれる人は増えていくだろうが、いきなりハーレムのメンバーに入りたい！　という人はいるわけないので、他人↓友達↓友達以上恋人未満↓恋人↓ハーレムと、順番をしっかり守る必要がある。

理想は僕のことが好きになって、第二夫人でもハーレムメンバーに入りたいって思ってもらうことだよな。前世なら恋人がいたら諦めるのが普通だったけど、こっちの世界は一夫多妻制だから、恋人がいても私も！　って感じになるように接していくのがベストだよな～。であれば、昨日のルル先輩とバネッサとは一歩前進って感じだったよな。あれを続けていけばきっとハーレムになっていくはず。よし「女性に優しく!!」をテーマに今日もがんばるぞ。

やる気を出した僕は二日目の学校生活のため、Sクラスの教室に向かった。

まだまだ知り合いが少ない僕は、教室まで向かう途中に周りの生徒から見られたが、自分からは声をかけられないでいた。

知ってる人がいたら声かけるんだけど、いない……でも周りは僕のこと知ってるんだよな～……声かけてくれないかな～。僕って声をかけづらいんだろうか？？　僕が自分で努力しないといけないよな。

Sクラスの教室に着くまで知り合いに会うことがなかった僕は、教室のドアを開けて中に入った。

まあ知り合いなんて昨日の今日だから十人もいないし、会わないのは当然だよな。でもSクラスのメンバーは昨日自己紹介したし、これから仲良くなりたいから挨拶は必須だよな。

「おはよう」

教室に入ると同時に既にいるメンバーに挨拶した。返事はなかったが、みんながこっちを見てるのでまずまずといった感じだろうか。

反応はないけど、継続していくぞ。挨拶は基本だからな。親しみやすさをアピールしなくちゃ。

僕は昨日の席に向かおうと思ったが、運よく？　アリスとシェリーがこっちを見ていたので近づいていった。

「アリス、シェリー。おはよう」

大丈夫だよね？　誰？　とかならないよな。

二人とは、入学試験の時にアリスが貴族に絡まれていたのを助けたことがきっかけで出会った。その時に少し話しただけなのであまり仲が良いとは言えず、僕は少し緊張していた。

「あっクリフくんおはよう」

「おはよう」

よかった。覚えていてくれた。自分から声をかけた僕を褒めよう。

「二人とも早いね。一緒に来てるの？？」

「そうだよ〜。どっちも学生寮だからね〜」

「そうなんだ。僕も学生寮だけど、男子の寮の部屋は思ってたより広かったし、食事もおいしかったからよかったよ。狭かったり食事がおいしくなかったら四年間苦労するしね」

「それは言えてる。女子寮も同じ感じかな。快適だったよ～」

「二人は選択授業、何にしたの？？」

「私たちは貴族科と内政科と家庭科と調理科と商業科だよ～。シェリーと一緒に決めたんだ～」

「ええ、アリスは貴族じゃないから貴族科とか内政科はいらないんじゃない？　って言ったんだけどね」

「う～ん。そうなんだけど、平民でも貴族のことを知ってると将来役に立つしね。貴族に仕える人とか貴族に嫁ぐ人もいるから貴族科を取る人ってけっこう多いし、シェリーと一緒に授業受けたかったから」

「そうなんだ。僕も貴族科と内政科と調理科は取ろうかなって思ってるんだ～」

「クリフくん、調理科取るの？？」

「そうだよ。僕って将来は冒険者になりたいんだよね。実家は兄が継ぐだろうから自由に過ごしたいんだよ。で、冒険者をするなら自分で料理できた方が得かなって思ってね」

「たしかに料理できた方が得だよね～。冒険者志望なんだ!!」

「そうだよ。……ってフローラ先生来ちゃったね。じゃあ」

アリスとシェリーと話しているとフローラ先生が入ってきたので、僕は自分の席に移動した。

よし。二人と話せたぞ。こうやって積極的に話しかけていこう。目指せハーレムだ。先ほどの会話で仲の良さが深まったとは思えないが、僕は女性に自分から話しかけられたことに満足したのだった。

席に着くと横にいたセリーヌが目に入ったので挨拶した。

「セリーヌ、おはよう」

「クリフ様、おはようございます」

ん？　なんかセリーヌの機嫌が悪いような……なんかあったのかな？

「みんなおはよう。今日は昨日言ってた選択授業の提出日よ。全員、まずは決めた選択授業を提出してくださいね。選択授業は明日から始まるから、今日はホームルームが終わったら午前中は基本科の授業を行います。基本科の授業はそれぞれのクラスの担任がすることになってるから、このクラスは私ね。それが終わったら午後は自由だから研究会を見学したり、興味ある研究会に加入してもいいわね」

選択授業を全員が提出し、基本科の授業が始まった。基本科とはそのまま、算数や国語などの基本から魔法の基本やこの世界の基本など、様々なことを習う授業だ。

「じゃあ、これで今日の基本科の授業を終わります。あっそうだ。クリフくん。校長が呼んでたから、午後一番で校長室に行ってちょうだい」

えっ、校長が呼んでる？？？　何かあったか？　いや何もしてないぞ。試験の時のことかな。警戒しないとな……。

「はい。わかりました」

授業が終わったので昼食をどうしようか考えていると、セリーヌが話しかけてきた。

「クリフ様、昨日は用事があってダメだったので、今日はご一緒させていただけませんか？」

「セリーヌ。いいよ、じゃあ一緒に食堂に行こうか」

「はい」

セリーヌとお付きのユウリとマークとともに食堂へ向かった。昨日と同じように食堂に入ると大勢の生徒がいた。僕たちは先に席を取ることにし、ユウリとマークが率先して周りに人がいなさそうな所を席取りした。

いやいや、なんでこんな端っこに席取りするんだよ。逆に目立つじゃん。

「セリーヌ様とクリフ様は席に座っていてください。私とマークがお二人の昼食を取ってまいります」

「ユウリさん。それは悪いよ。自分のは自分で取るから僕の分は持ってきてくれなくても大丈夫だよ」

「いえいえ、お気になさらず。セリーヌ様を一人にさせるわけにはいきませんので……。それと私のことはユウリとお呼びください。もちろんこちらにいるマークもマークと呼んでくだされぱと思います」

「わかったよ。ユウリ。じゃあユウリにお任せで頼むよ」

「わかりました。マーク、行くわよ」

「オッケー」

ユウリとマークは僕とセリーヌを残し、四人分の食事を取りに行った。残された僕はセリーヌに話しかけた。

「なんか、ユウリとマークってメイドと執事みたいだね」

「遠からずってところですね。二人は子どもの時から私のお世話をしてくれていたので。本当は友達のように接してほしいんですけど、あんな感じなんですの」

「王族もなかなか大変だね」

「本当にそうですわ」

周りをキョロキョロして人がいないのを確認すると、セリーヌが小声で話しかけてきた。

「それよりもクリフ様!! 周りには伝わっておりませんが、クリフ様は私の婚約者ですよね」

「そうだね」

「今日はアリスさんやシェリーさんとずいぶん親しく話していましたよね。それに昨日はフローラ先生のことをいやらしい目で見ていましたわ。クリフ様はわ・た・く・しの婚約者なのですから、あまり他の女性と親しくしてほしくありませんわ」

えっ、セリーヌって僕のことよく見てるんだな。嫉妬《しっと》してるセリーヌもかわいいけど、他の女性としゃべらないっていうのは無理だからきちんと説明しておかないとな。

「セリーヌ、心配させたならごめん。そんなつもりじゃなかったんだ。僕も学校では友達が少ない方だから、同じクラスの人とは仲良くなりたいんだよ。セリーヌとのことは大事に思ってるから安心して」

「それならいいんですが……クリフ様はわからないと思いますが、クリフ様への周りの好意はすごいんです。釘を刺しておかないと離れていってしまいそうで怖いんです」

そっか。セリーヌは他の人の感情がわかるんだったな。僕を見てるのと同時に僕の周りの人のことも見てるって感じか。不安……なんだな。他の人と仲良くしてセリーヌを失うのは本末転倒だ。ここはちゃんとフォローしなくちゃ。

「セリーヌは綺麗だし、そんなこと心配しないで大丈夫だよ。クラスも一緒なわけだし、これから一緒に買い物に行ったり、一緒に授業を受けたり、色々できるじゃん。今もこうして一緒に食事をしてるわけだしさ。ってユウリとマーク遅いな～。混んでるのかな……」

「「お待たせ～」」

すると、タイミングを見計らったようにユウリとマークが四人分の昼食を持って戻ってきた。

いやいやタイミングバッチリかよ。もしかして遠目から僕たちのこと見てたんじゃ……あり得るな。セリーヌに頼まれて二人の時間を作ったって感じだろうか。セリーヌとの時間も作りつつ、他の人とも仲良くする。うまくやっていかないとな。

僕は「女性に優しく」作戦から「セリーヌと時間を作りつつ他の女性にも優しくする」作戦に切り替えたのだった。

セリーヌとユウリとマークと一緒に昼食を取った僕は、セリーヌたちに午後の予定を聞いた。

「セリーヌは今日の午後はどうするの？？」

「本当は午後はクリフ様と一緒に研究会を見学しようと思ってましたの。でもクリフ様は校長先生に呼ばれてましたよね？」

「そうなんだよね。なんの用事かわからないけどね」

「だから午後は、ユウリとマークと研究会を見学して帰ろうかと思ってますわ」

「そっか〜。僕も魔法研究会は興味があって見学したいから、校長の話が早く終わったら行ってみようかな？」

「魔法研究会ですか？」

「うん。フローラ先生が顧問をしてるらしいし、昨日三年生のルル先輩に誘われてね」

「ルル先輩？　ってモーガン家のルルさんですか？」

「そうだよ。セリーヌは知ってるの？」

「はい。もちろんですわ」

「僕は魔法をもっともっとうまくなりたいんだ。だからどんなことをしてるのか興味があってね」

「さすがクリフ様ですね。私は魔法はあまり得意ではありませんので、同じ研究会に入れそうにないのは残念ですが、今度一緒に買い物に行こうって言ってくださいましたからそれを期待することにします」

えっ言ってないよ……たしかにそれっぽいことは言ったかもしれないけど、セリーヌの中では僕がセリーヌを誘ったってことになってるのか？？　これは予定を立てておかないと……。

「セリーヌ様、早速クリフ様とデートの約束をしたんですね。さすがです」

「いつ行かれるんですか？　護衛としてついていかせていただきます」

「まだ、いつ行くかまでは決まってないんですのよ」

「そうだね。選択授業もあるし、予定が合いそうな日を見つけておくね」

「クリフ様、お願いいたしますわ」

☆

セリーヌたちと別れた僕は、校長室へ向かった。

「クリフ・ボールドです。校長に呼ばれましたので参りました」

「入るのじゃ」

校長室に入ると机に座った小さな幼女、校長ことミスティがいた。

「クリフくん、よく来たのじゃ。まあそこに座るのじゃ」

「はい。それよりも僕はなんで呼ばれたんですか？？」

「今日呼んだのは、クリフくんも学校に入ったことじゃし、不安とか色々あるじゃろ。校長として生徒の悩みは聞いておかんといかんじゃろ。クリフくんは首席じゃしのう」

「そうなんですね。気にかけていただき、ありがとうございます。まだ二日目なのでなんとも言えませんが、友人もできましたので悩みなく過ごせてますよ」

「ならよかったのじゃ。でじゃ……クリフくんは学校ではどの程度まで力を出すつもりなのじゃ？　マテウスからも聞いておるが、クリフくんが本気を出せばわしでも勝てないじゃろう」

えっ、陛下は校長に僕の能力しゃべったの？？　でも、学校の校長なら僕の能力は知っておいた方がトラブルも少ないから当たり前か～。

「そうですね。面倒事は嫌いなので極力隠していきたいとは思ってます。ただ、友人が危ない目にあった時とかは気にせずに全力を出すつもりです」

「なるほどのお～。その方がいいじゃろ。『転移』なんか、人前で使ったら他国に攫《さら》われて一生使い潰されるからの～」

「そうなんですね。気をつけます。僕も面倒事は困るので」

「それでクリフくん。本題なんじゃが、もう単刀直入に言うのじゃ。わしに『転移』の魔法を教えてくれんか？？　わしも大賢者と言われているが、まだまだ知らない魔法が多い。知らない魔法を使っている者を見るとついつい教えを乞いたくなるんじゃ」

「別に構いませんよ。その代わり、学校内でトラブルとかあったら助けてくださいよ」

教えるのは別に構わないよな。それに教えることで学校生活がうまくいく方がメリットが多いはず。

「おお～ありがとうなのじゃ。師匠～」

「師匠⁉」

「そうじゃ。魔法を教わるんじゃ。クリフくんはわしの師匠じゃろ？？」

いやいや校長の師匠が生徒っておかしいだろ……。

「さすがに校長に師匠と呼ばれるのはおかしいと思いますが……」

「安心せぇ。さすがに他の生徒がおる時には言わんよ。さあ早く『転移』を教えてくれ～」

さすが大賢者。ただの魔法好きの幼女だな。

「わかりました。僕も人に教えたことがないので、僕が覚えたやり方を説明しますね。まず、魔法はイメージでほとんどのことができると思ってます。身体に流れる魔力を放出する時に属性を加えることで『火魔法』や『水魔法』を出すことができます。この辺りは校長はご存じですか？」

「うむ。『無詠唱魔法』のことじゃな。わしも使えるが、そこまで考えたことはなかったのぉ」

「まあ、イメージが大事ということを理解してくだされば大丈夫です。で『転移』なんですが、今いる場所から違う場所へ移動する。このイメージが難しいですが、僕は別の空間を通って移動するイメージで『転移』を使ってます。『アイテムボックス』とか『マジックバッグ』とかって、見た目以上にモノが入りますよね。あれって別の空間があってそこにモノを入れていて、必要な時に取り出してると思うんです」

「なるほど、言われてみればそうじゃのう」

「それと同じで、自分が一度自分の空間に移動して、その後別の場所に出現する。そんなイメージです。僕も何度も練習して、初めは目の前への『転移』からできるようになりました。こんな風に」

僕は校長の前から後ろへ『転移』した。

「目の前の場所だから移動先をイメージしやすいと思いまして。で、何度も繰り返すうちに今は一度行った所なら『転移』可能になりました」

「おおっ！　なるほどなるほど、師匠の説明でなんとなくわかったぞ。早速やってみるのじゃ」

その日、僕と校長は遅くなるまで『転移』の練習を繰り返した。校長室から僕たちの声がずっと聞こえていたことから何やらあやしい噂が流れていたみたいだが、この時の僕たちは知らなかった。

第32話　リースがホームシック!?

高等学校に入学してから一カ月が経った。

入学してからというもの、毎日の授業やイベントの案内に、友人たちとの交流と毎日忙しくも楽しく過ごしていたが、寮の中では、あまりかまってもらえないフェネックのリースとスイムが日に日に僕に甘えるようになっていた。

最近では朝学校に行こうとすると、僕の身体にしがみついて、「行かないで……」と言わんばかりの目で見てくるので、学校に行くのも一苦労だった。

学校が忙しくてリースにもスイムにもかまってやれてないもんな。学校に連れていくわけにはいかないから、部屋に一日中いてもらってるけど、そりゃストレスも溜まるよな。次の休みはリースとスイムのために時間を取るか。ホームシックなんかもあるかもしれないし、一度ボールド領に戻るのもいいか。いや一カ月で実家に戻ったら僕がホームシックみたいに思われるか？　それはそれで恥ずかしいな。それなら――

次の日、学校に着いた僕は、朝のホームルーム前に校長室を訪れていた。

「どうしたのじゃ師匠？　朝早くから」

「やっぱりその師匠っていうのはやめてくれませんか？　普通にクリフって呼んでくれる方がありがたいんですが……」

「そうか？　わしは気に入ってるんじゃが……」

「師匠と呼ぶなら今後魔法は教えませんからね」

「それは困る……わかったのじゃ。じゃから今後も教えてほしいのじゃ」

「わかりました。それでですね。一緒に来てるリースとスイムを最近かまってやれてないから、里帰りも兼ねて魔の森へ行こうと思ってるんです。ちょうど校長の『転移』の練習にもなるから一緒にどうかと思いまして」

「なるほど。あそこは魔力が溢れておるし、ここからも遠い。練習にはうってつけというわけじゃな」

☆

その週末、僕は校長とリースと、スイムの四人で魔の森へ来ていた。

移動はもちろん僕の『転移魔法』だ。

「クリフくんの『転移魔法』はやはりすごいのぉ。この距離でも一瞬とは……」

「まあ前も言ったようにイメージですね。校長には今日中にここから王都まで『転移』できるように練習してもらいます。リースは好きに遊んできな。スイムはリースを見てやってくれ。だけど、あまり遠くには行くなよ。スイムでも手に負えない魔物だっているだろうからね」

「キッキッ」

「ピキキー！」

スイムが身体をうまく動かして敬礼した。そしてそのままリースとともに森の中へと消えていった。

「従魔だけで行かせて大丈夫なのかのぉ」

「はい。スイムはBランクぐらいの実力はあるし、スイムとリースのことはここからならわかりますしね」

「ならいいんじゃが……」


その後、僕は校長につきっきりで『転移魔法』の指導をした。

「なかなかうまくいかないもんじゃな」

「『転移』自体はできてますし、あとは距離を伸ばすだけですよ。何度も練習すれば伸びると思います。ここなら他の人に見つかる危険性もないですからドンドンいきましょう」

「クリフくん……意外にスパルタじゃな」

そんな時、森に「ピッキー!!」という大きな声が響き渡った。

「これは!?」

「はい。スイムに何かあったみたいです。僕はスイムの元に行きますね。校長も来られるなら、スイムの魔力か僕の魔力を頼りに『転移魔法』で来てみてください」

僕はそう言うと、校長を放って一人『転移魔法』を使った。


スイムの元に『転移』した僕の目の前には、「キッキッ！　キッキッ！」とこちらに背を向けているリースとスイムがいて、その先では緑色の大きなトカゲがこちらを睨んでいた。

「ドラゴン……なんでこんな所に。いや、そんなこと言ってる場合じゃない。リース！　すぐにこっちに来い。スイム！　大丈夫か？」

僕の言葉に、リースはすぐに僕の元に駆け寄って肩の上に乗った。スイムも身体で大きく大丈夫というサインを出して、そのまま僕の頭の上に乗った。

「思ってたより大きくないから、まだ子どもなのかもしれないけど、ドラゴンか……今の僕なら大丈夫だと思うけど、森の中に他にもドラゴンがいたらちょっとやばいか」

僕は即座にドラゴンに魔法を放った。森を燃やしてしまう恐れがあるので、使用する魔法は『風魔法』だ。うすーくうすーく意識した『風魔法』は、ドラゴンが攻撃するよりも早く、ドラゴンを捉えた。

「よし！」

ドラゴンは魔法で胴体を真っ二つに切られてその場に倒れ込んだ。そこへ校長がやってきた。

「クリフくん。大丈夫か……ってこれは、ドラゴン⁉」

「はい。そこまで強くなかったので助かりました」

「いや、ドラゴンはかなり強いと思うのじゃが……。魔の森とはいえ、こんなあまり深くない所にドラゴンが現れるとは……これはもしかして自然に発生したのではなく、『召喚魔法』で呼び出されたのかもしれぬな」

「『召喚魔法』⁉」

「そうじゃ。魔族が魔物を呼ぶ時に使う魔法じゃ。クリフくんなら知っててもおかしくないと思うが？」

そういや～『召喚魔法』の魔法書買ってたな。ドラゴン召喚か～。異世界でしてみたいことの一つだし、いずれ挑戦だな。

ドラゴン出現というトラブルはあったが、久々に魔の森で自由に遊んだスイムとリースの機嫌はよくなり、校長も無事に『転移魔法』を習得することができたのだった。

第33話　聖剣って僕にも作れるかな？？

高校に入学してから三カ月が経っていた。

あれから様々な学科の授業を受けながらクラスメイトとの仲を深めていった僕は、クラスのメンバー全員と気軽に話せるようになっていた。親密度はまだまだだが、朝おはようと言うと周りがおはようと返してくれる仲にはなった。

研究会も順調だった。僕は一つの研究会に決めずに色々な研究会に参加することにしていた。中でも魔法研究会の成長はすさまじい。校長から直々に魔法研究会のメンバーに『無詠唱魔法』について教えてほしいと言われ、メンバーで『無詠唱魔法』を使うための理論や研究、イメージトレーニングを行った結果、簡単な魔法ならメンバー全員が『無詠唱』で使うことができるようになったのだ。三カ月で早くも成果が出たので僕の評判もうなぎ上りだった。

もちろん自分自身の鍛錬も欠かしていない。授業がない土曜日と日曜日はギルドの依頼を受けたり、ダンジョンに行ってレベルを上げたり、魔の森まで『転移』して奥まで探索したりと、積極的に自分の鍛錬を行った。休みの度にいなくなるので、セリーヌからは何度も怒られた。

まあ休日は自分のことで精一杯だから、学校ではセリーヌとの時間を作っていかないとな。

そして今日、僕は図書館で勇者の聖剣について調べていた。

聖剣って帝国から与えられたんじゃなくて、スキルで呼び出すんだな。勇者の称号を得たと同時に勇者は『聖剣召喚』のスキルも覚えたって感じかな。ってことは、どこにいても聖剣は呼び出せるはずだよな。

「クリフ様、真剣に読まれてますけど、なんの本を読んでるんですか？」

顔を上げると目の前にセリーヌがいた。

「ちょっと勇者について調べててね。帝国が情報をあまり出してこないって陛下が言ってただろ？だから昔の勇者について調べてたんだよ。そうしたら驚いたよ。勇者って『聖剣召喚』のスキルを持ってるみたいだ。聖剣が勇者の強さの秘密の一つであることは確かだろうね」

「クリフ様は勉強熱心なんですね。この前も……」

「正直、僕は勇者を信用してないからね。帝国が情報を出してないことといい、勇者の悪い噂が多いことといい、もしかしたら帝国が攻めてくるとか、勇者が敵になる可能性だってあるかもしれない。そのためには情報は武器になるからね」

僕が勇者に殺された予知夢のことはセリーヌには話さない方がいいだろうな。絶対心配するだろうし……。

「クリフ様の言うこともよくわかりますわ。それにしても『聖剣召喚』ですか……クリフ様も魔法はイメージってよく言ってますし、イメージしたらクリフ様も聖剣を作り出せるんじゃないですか？？」

「えっ⁉」

たしかに⁉　僕は今まで勇者の聖剣が相手だったら普通の武器じゃ負ける！　と思ってた。けど、セリーヌの言うように、魔法で特別な剣を作り出したら勇者の聖剣に対抗できるんじゃ……。たしか夢の中の僕の武器は普通の剣だったと思うし、魔法で特別な剣が作り出せたらそれだけで夢と違う結果になりそうだぞ。

「セリーヌ、ありがとう。たしかにそうだよ。自分で魔法はイメージだってよく言ってるのに、全然その発想がなかったよ。でもセリーヌのおかげでイメージできそうだよ。さすがセリーヌ」

僕は興奮してセリーヌの手を取って、大きな声でお礼を伝えた。

ただ、ここは図書館である。大きな声で話したことを注意されるとともに、セリーヌの手を握って話していることに気づいた僕は顔が赤くなるのだった。

「お役に立ててよかったです」

セリーヌもまた、手を握られてうれしそうだったが、図書館の人に注意されて周りの視線が集中すると恥ずかしくなったらしく、顔が赤くなるのだった。

「なんかみんな見てるし、外に出ようか……」

「そうですね」

外に出ると、ユウリとマークが待っていた。

この三カ月でセリーヌと一緒にいることが多くなったので、ユウリとマークは、僕がいる場合は気を利かせてセリーヌと二人っきりになるようにしていた。ただ、そうは言ってもずっと二人っきりにするわけではなく、図書館などの建物の前で待機しているぐらいだ。

「ユウリ、マーク、お待たせ。前も言ったけど、二人も中に入ればいいのに」

「いえ、セリーヌ様の邪魔をするわけにはいきませんので」

「じゃあセリーヌ、僕はさっきのをちょっと考えたいから寮に戻るね」

「はい。お役に立ててうれしいですわ。がんばってください」

「セリーヌの案だからね。絶対成功させてみせるよ」


学生寮に戻った僕は部屋で『剣召喚』について考えていた。

さて、まずはどんな剣にするかだよな。僕の剣は聖剣を持った勇者に折られたから、絶対に壊れない剣をイメージするのは必須だろ。あとは切れ味か〜。聖剣っていうぐらいだから聖剣は『聖』属性を持ってるんだろうな。魔族とか悪魔とか魔物が相手なら能力がアップするとか。でもその辺はなくてもいいか。有名な聖剣だとエクスカリバーとかデュランダルとかラグナロクだけど、名前だけで性能っていまいちわからないんだよな〜。魔剣にしてみるか。僕の魔力を吸って力を増す、みたいな。いやいや邪悪な感じがすると僕が悪者になる。それはできないな。

僕は一晩、『剣召喚』について考えていた。考えた末に……望んだ剣は召喚できなかった……。

☆

翌朝、学校に行くとセリーヌがすぐに近づいてきた。

「クリフ様、昨日はどうでしたか？」

「セリーヌ、おはよう。ダメだったよ。剣を召喚するところまではできたんだけど、今のままだったら普通に剣を買って使った方が強そうなんだよな～」

「そうなんですね。残念です」

「あっ、でもそこまで残念ってわけでもないんだよ。剣を召喚することはできたからね。あとはもっとイメージしないといけないなって思ってね。だから街の武器屋とか鍛冶《かじ》屋を見て回ろうと思ってるよ。今までは自分で装備することだけを考えて見てたからね。自分で召喚することを考えて見てみると、違った見え方がすると思うんだよ」

「たしかに見方を変えると新しい発見がありそうですわね。でも残念です。今日は午後から王城で仕事がありますので、クリフ様についていくことができないですわ」

「仕事なら仕方ないよ。ポロンでも誘ってみるよ。あいつ、ミラクル商会の跡取りだし、ついでに魔道具とかも見てみたかったからね」

僕は教室内を見回して、目的の人物を見つけて近づいていった。

「ポロン。おはよう。今日の午後って空いてる？　ミラクル商会で武器とか魔道具とか見せてほしいんだけど」

「おっ。クリフくん、おはよう。ありがとう、今日は大丈夫だからぜひ見に来てよ。気に入るモノがあったら買っていってよね」

「ああ。もちろんだよ。じゃあ午後、案内してもらってもいいかな？」

「もちろん。お昼が終わったら門で待ち合わせでいいかな」

「わかった。じゃあ午後にな」


午前の授業が終わり、ポロンと僕はミラクル商会へ来ていた。

「やっぱりミラクル商会はでかいよな～。さすが王都一の商会だね」

「父さんががんばってるからね。それよりもクリフくんは武器を見たいんだよね」

「ああ、剣と、あとは魔道具とかも見てみたいな」

「わかった。こっちだよ」

ポロンに案内されて武器と魔道具を一通り見せてもらった。

「さすがミラクル商会。なんでもあるね」

「求められるモノはなんでも提供する、なんでもできるミラクル商会！　だからね」

実際に剣をたくさん見られたのはよかったな。剣のイメージがだいぶできたぞ。それに魔道具を見たのもいい気分転換になった。冷蔵庫とかエアコンなんかもあったしな。けっこう文明のレベルが高いよな。テンプレだったら異世界人が広めるって感じだけど、昔の異世界人が広めたのか？　それともこっちの人の知識が生み出したのか……気になるところだな。

「ポロン、今日はありがとう。すごく参考になったよ。それとごめんな。ポーションとか日用品みたいなちょっとしたモノしか買えなくて」

「気にしなくて大丈夫だよ。買ってくれただけでもありがたいんだから。またいつでも言ってね」

ポロンってすごいいいやつだな。こんな感じだからミラクル商会も繁盛するんだろうな～。

僕はミラクル商会が王都一の理由が少しわかった気がして、学生寮に戻った。


よし。昨日の続きだ。剣の形をイメージして、目標は決して折れない剣だ。矛と盾の矛盾の話があるように、絶対に折れない剣っていうのを作製するのは実質不可能と言われてるけど、ここはファンタジーの世界だ。きっとできる。

それから晩までひたすら剣をイメージし続けると……イメージに近い剣の召喚に成功した。

「やった～！　できたぞ！　神剣デュランダルだ！」

できた剣は光り輝くオーラをまとった剣だった。神剣と言われても納得できる雰囲気があった。

「明日はこれの試し切りだな。セリーヌにも成功したことを伝えてお礼を言わなきゃな」

魔法はイメージだ、をしっかりと実現させて、僕はとても気分よく眠りにつけた。

☆

一方その頃、帝国では――

「皇帝陛下。次の王国との会談の時に俺を連れてってくれよ。なんでも王国の王女はすごく綺麗だって聞いたぞ。一目見たいんだ。頼むよ」

その男は「勇者である俺が誘えば、王国の王女も首を縦に振って俺に寄ってくるだろう。なんせ俺は勇者だからな。魔王を倒せる唯一の男だ。王国としても帝国と事を構えたくないだろうし、そういう面からも王女を俺に渡すことは王国にとってもメリットがあるはずだ」と考えて言った。

「そうだな。一度連れていってもいいかもしれんな。王国に勇者を紹介しておけば、今後の交渉もやりやすいだろうしな」

「さすが皇帝陛下、話がわかるぜ。じゃあ頼んだぜ」

皇帝の返事を聞いた勇者は「よしやったぞ。ここの皇女はガードが堅いからな。無理やり手を出したら俺の立場が弱くなるから手に入れることもできなかったしな。それに王国の王女はすごく綺麗って聞く。こっちの学校もつまらないし、寄ってくる女にも飽きてきたから、王国に手を出してハーレムを広げてやるぜ。俺の称号と聖剣があれば敵なしだな」とほくそ笑んで、部屋を後にした。

勇者が去った後、皇帝はこうつぶやいた。

「は〜。あいつの相手は疲れる。力があるのはわかるが性格が最悪だからな〜。娘に手を出そうとしてたかと思えば、次は王国の王女か……どうしたもんか。国際問題にだけはならないようにしないとな。勇者が帝国に属しているって点だけしか、今のところメリットがないからな〜。魔王を倒したら、後は用済みなんだが……」

勇者は次の王国と帝国の会談に参加することが決まった。クリフと勇者が出会うのはもうすぐだった。なぜなら皇帝と勇者が話した二日後に、帝国の一団は王国との会談に向けて出発するからだ。

☆

神剣を召喚することができた僕は、学校で早速セリーヌに報告をした。

「セリーヌ、おはよう。聞いてよ。剣の召喚がうまくいったんだ。これも全部セリーヌのおかげだよ。ありがとう」

「本当ですか!?　おめでとうございます。さすがクリフ様です。クリフ様のお役に立てて私もうれしいですわ」

「本当にありがとう。セリーヌの一言がなかったら考えつかなかったからね。今日は試し切りして感触を確かめようと思ってるよ。セリーヌもよかったら見に来ない？」

「ぜひぜひ!!　私もクリフ様の聖剣を見てみたいですわ!!」

「いや、聖剣ではないんだけどね。まあ聖剣みたいなモノだけど、それは見てのお楽しみかな。セリーヌを連れてってなると危ない所には行けないし、近くの草原でスライムとかウルフを相手にしようと思ってるから安心してね」

「はい。クリフ様と一緒なら魔物も怖くありませんわ。危なくなったら守ってくれると信じていますし」

「もちろん！　それは任せてよ。剣のことは他の人には隠しておきたいから内緒でお願い」

「はい。私とクリフ様だけの秘密ですね」


学校が終わった後、僕とセリーヌは、セリーヌのお付きのユウリとマークとともに近くの草原に来ていた。

剣のことをあまり知られたくないため、二人で来たかったが、さすがに王女と二人だけで王都の外に出ることはできないのでユウリとマークもついてきた形だ。

「それじゃ行くよ。来い、デュランダル」

僕が剣を召喚すると、手に白く光った片手剣が現れた。神剣デュランダルだ。

「これが僕が創造した剣、神剣デュランダルだよ。どんな攻撃を受けても壊れない剣をイメージして、聖剣のようにどんなモノでも切れるように名前をつけてみたんだ」

「とても綺麗です。それに剣を持ったクリフ様がとてもかっこいいです」

セリーヌは剣を持った僕に見とれていた。

「クリフ様。それが言ってた『聖剣召喚』ですか？　それは元々存在する剣ではなく、魔法で作ってるんですか？」

マークから剣について質問が上がった。

「そうだよ。でも聖剣じゃないから『神剣召喚』……はちょっと言いすぎかもしれないから一応、『剣召喚』って呼んでるんだ。そしてちゃんと魔法で作ってるよ。ほら、消したりするのも自在でしょ」

そう言って、僕は手元のデュランダルを消したり出したりした。

「デュランダルを召喚することはできたけど、使いこなせなかったら意味がないからね。今日はこの辺の魔物で試してみたいんだ。おっ、早速ウルフ発見！」

僕はウルフの気配を察知した。

「ちょっと行ってくるね」

僕はウルフに向かっていき、そのままデュランダルを上から下に振り下ろした。

ウルフは豆腐のようにスパッと切れて一瞬で命を落とした。

「お～。切れ味抜群だ。使いやすい剣をイメージしたから違和感なく扱えるよ」

その後、スライムやウルフなど、一時間ほど剣の感触を確かめた僕は満足して、遠目に見ていたセリーヌたちの元へ戻った。

「お待たせ。いや～。バッチリだったよ。これで僕はまた一つ強くなれた気がする。これもセリーヌのおかげだね」

「いえいえ、私なんかちょっと思いついたことを言っただけです。これはクリフ様の努力の結果ですよ」

「いやいや本当に感謝してるから!! あっそうだ！ よかったら今度の週末、お礼に一緒に買い物でも行かない？ 前に一緒に買い物に行こうって言ったっきり、全然僕が時間取れなくて行けてなかったじゃん」

「本当ですか!?」

セリーヌは目をキラキラさせて近寄ってきた。

彼女のおかげで悩み事が一つ解決したんだ。それぐらいはしなくちゃね。

「もちろん。で、今度の週末どうかな??」

「ぜひ、行きたいです!! ……と言いたいところなんですが、この週末はダメなんです。実は帝国との会談が入っていて、どうしても抜けられないんです」

「帝国との会談？」

「はい。定期的に他国と会談を行って情報交換をしているのですが、それが今度は次の週末にあるんです。王族として他国との会談は絶対外せなくて……。本当は会談をすっぽかしてクリフ様と買い物したいんですが……」

「全然大丈夫だよ。むしろ大事な会談はちゃんと出てよね。買い物はその次の週末でも行けるしね」

「ありがとうございます。来週の週末なら大丈夫です。楽しみにしてます」

帝国との会談か～。向こうも皇族が来るんだよな。もしかしてその時に勇者が来るのか？？

「帝国の人って、向こうも皇族が来るの？」

「そうですね。皇帝陛下が来られたり、第一皇子や第一皇女が来ることもあります。あとは宰相が来たり外務相が来たりですかね」

「勇者が来たりはしないよね？？」

「そうですね。帝国は勇者様の情報をけっこう隠してるので、今まで連れてきたことはありません。こちらが帝国に行った時に見かけたことはありますが、基本、勇者様は帝国から出てこないと思いますよ」

「それならいいんだけど。なんか嫌な予感がするから気をつけてね」

「心配してくれるのですね。ありがとうございます」

「クリフ様、その時は私とマークもそばに控えているので安心してください」

今週末か……帝国、勇者、会談……ちょっと心配だな～。何かあった時にセリーヌのことがわかるような魔道具ってないかな？？　明日、学校で魔道具師の息子のロイドに相談してみよう。

セリーヌたちと別れた僕は今週末の帝国との会談のことで頭がいっぱいになり、色々考えていたらいつの間にかその日は終わってしまっていた。

☆

翌日。学校でいつものようにセリーヌに挨拶した後、僕はロイドに話しかけた。

「ロイド、おはよう。ちょっと相談があるんだけどいいかな」

「クリフくん、おはよう。クリフくんが相談って珍しいね」

「ああ、ちょっと魔道具について聞きたくてね」

「魔道具についてかい!!　なんでも聞いてよ!!」

ロイドは魔道具と聞いた瞬間に席から立ち上がり、僕の手を握って声を上げて応えてくれた。

「じゃあ授業が終わったら一緒に食堂に行かない？」

「いいよ。じゃあ授業が終わったら」

よし。あとは昼食までにどんな魔道具がいいのか考えておこう。と、その前に、セリーヌに帝国との会談のことをロイドに話していいか聞いておかないとな。極秘とかだったらロイドに話した瞬間に捕まっちゃうもんな。

僕はセリーヌに状況を説明し、ロイドに会談のことを話してもいいと許可をもらった。予知夢のことを話せないから状況を説明するのに苦労したが、セリーヌのためにできることを考えたいと伝えると二つ返事でOKしてくれた。

よし。これで第一関門突破だ。あとは思っているような魔道具があるか、なかったら作れるか、だな。

魔道具のことをずっと考えていた僕は午前の授業が全く頭に入らなかった。気づいた時には授業が終わっていた。

いつの間にか授業終わっちゃったな。全然内容覚えてないや……まあいっか。それよりも今は帝国との会談の方が大事だもんな。


授業を終えた僕はロイドとともに食堂へ行った。空いている席に座って昼食をテーブルに運ぶとロイドが話しかけてきた。

「それでクリフくん。魔道具についての相談ってなんなんだい？」

「ああ、ちょっと色々教えてほしくてね。例えば遠くにいる人が危ない目にあいそうな時にそれを知らせる魔道具とか、遠くにいる人の声が聞こえる魔道具とか、遠くにいる人に危険が迫ったらこっちがその危険に気づくことができる魔道具とかって、あったりする？」

「なるほどなるほど。そういう魔道具だったら存在するよ」

「本当に!?」

「うん。例えば危険を知らせる魔道具だけど、対になっていて、片方が魔力を込めるともう一方が反応するっていう魔道具がある。危険そのものを知らせるってわけじゃないけど、危険を感じたら他の人に感じたと知らせることはできるから、そんなんでいいよね」

「もちろん全然ＯＫだよ。他のは？」

「そうだね。遠くの人の声が聞こえるっていうのは、魔道具を通して会話ができるってことだよね。これは今のところ存在しないかな。文字を遠くの人に伝える魔道具は存在するけど。声を相互に伝えたりするっていう発想はおもしろいけど、どうすれば作れるか、僕にも想像つかないな。文字を伝える魔道具はギルドとかで使われてると思うけど、一般に販売されてないから使うことは難しいね」

なるほど、電話みたいなモノはまだこの世界には存在しないんだな。『転移魔法』も使い手がほとんどいないから、その辺の空間を使ったモノはまだまだってことか。

「あと、遠くの人に危険が迫ったら知ることができる魔道具だけど、危険っていうか、その人が死んだらわかる魔道具っていうのは存在するね。これも対になっていて、片方が死んじゃうと相手の魔道具が光って教えてくれるってやつだよ」

ロイド、魔道具についてかなり詳しいな。さすが魔道具師の息子だな。

「なるほど、ありがとう。それにしてもロイドはさすがだね。魔道具について、かなり詳しいね」

「当然だよ。魔道具は作るのもおもしろいし、使うのもおもしろい。どんなことができるのかを考えるだけで可能性が広がるからね」

「ロイドは魔道具が作れるの？」

「まだ簡単なモノしか作れないけどね。父さんに教えてもらいながら作ってるよ。一応店で販売もしてるんだよ」

「すごい‼　そうなんだ。今度作った魔道具見せてよ」

「もちろんいいよ。クリフくんの感想とか聞かせてよ。僕はもっと色々な魔道具を作って世の中を便利にしたいんだ」

魔道具のことを語っているロイドはすごく輝いていた。

「応援してるよ。それにこんなに魔道具について知ってるロイドならきっとできると思うよ」

「ありがとう」

「それでロイド。さっき言ってた相手に危険を知らせる魔道具って売ってたりするのかな？？」

「ほしいの？　クリフくん。ああ、セリーヌ様と使うんだね」

「わかる？」

「そりゃ、学校でもあんなに親しくしてたらね」

僕は帝国との会談のことをロイドに話し、何かあった時のために準備をしておきたいと伝えた。

「なるほどね。わかった。クリフくんのためにその魔道具用意してあげるよ。と言ってもミラクル商会にあると思うから、ポロンに言うだけなんだけどね」

「ポロンに？　ロイドはポロンと仲良いの？」

「うん。ミラクル商会には僕が作った魔道具を置いてたりするからね。仕事仲間って感じだね」

「そうなんだ。じゃあお願いしていいかな」

「クリフくんとセリーヌ様のためだ。任せたまえ」

その後、ロイドから魔道具を受け取り、すぐにセリーヌに渡した。魔道具は対になっているネックレスだった。魔道具とはいえ、ネックレスをもらったセリーヌはとても喜んでいた。

第34話　勇者登場!!　その名はパイン!?

クリフが無事にセリーヌにネックレスを渡した翌日。

会談のために来た帝国の一団が王城に到着した。もちろん勇者も一緒に……。

帝国の一団が到着した王城は、あわただしくなっていた。

「陛下！　帝国の一団が到着しました。今回は勇者も来ているようです」

「何⁉　それは本当か？」

「はい。帝国の皇帝陛下とともにいるのを見かけました」

「お父様、勇者様が一緒ってどういうことでしょうか？」

「わからん。今まで王国に勇者を連れてきたことなどなかったからな。何も起きなければいいが……」

「クリフ様……」

セリーヌは勇者が今回の会談に参加すると知り、クリフのことを思い浮かべてネックレスを握った。そう。昨日クリフがセリーヌに贈ったネックレスだ。

セリーヌは「クリフ様は、何かあった時にこのネックレスに魔力を込めるとクリフ様にわかる、と言ってました。まだ危険があったわけではないので、今知らせるとクリフ様に迷惑がかかりますよね。もう少し様子を見ましょう」と考えていた。

ここでセリーヌは、勇者がいることをネックレスを通じてクリフに知らせることができたが、クリフに迷惑をかけないためにネックレスに魔力を込めなかった。

帝国の一団が王城内に入ってきた。会談は二日間で行われる。その内容はそれぞれの国の状況や物資の流通や魔王関係まで、多々ある。

指定の席に帝国の一団が座り、会談が始まった。

「今回はわざわざ王国まで来ていただき、ありがとうございます。王国と帝国の繁栄のため、よき会談になるようお願いいたします。初めに、今回初めて来られた方がいるみたいなので紹介いただけますでしょうか？」

王国側の案内役が進行を進めていく。

「おう。そうだったな。今回はこれから魔王討伐に関しては外せないと思って勇者を連れてきたんだ」

皇帝であるテキサスが勇者を紹介した。

ちなみに帝国の名はクリーン帝国で皇帝はテキサス・クリーンという名前である。

「俺が勇者のパインだ。王国に来るのは初めてだ。よろしくな」

言葉少なめにパインが挨拶した。

パインの挨拶の後、王国側が王、王妃、王子、王女の順にそれぞれ自己紹介をした。

パインがいやらしい目と感情を持って見てくるのをセリーヌは感じ取り、「すごく嫌な感じですわ。は〜。王族とはいえ、今回の会談は最悪ですね」と思っていた。

王国と帝国の会談は順調に進んでいった。大事な話が多いので参加者は全員真剣に会談に臨んでいたが、勇者パインは何しに来たのか、会談が始まってから終始寝ていた。

時間も遅くなって今日の会談が終わりそうという時になって、パインは声を上げた。

「なあ皇帝陛下と王様よ～。王国と帝国の友好のために簡単な方法があるぜ。俺とそこにいる王女様が婚約するっていうのはどうだ？　俺と婚約しておけば王国も安泰《あんたい》だろ？」

パインのその一言で、順調だった会談が一気にストップした。

テキサスは「バカが！　いきなり何を言い出すんだこいつは。もっと順序みたいなモノがあるだろ～。は～。こいつを連れてきたのは失敗だったな。大きな問題にならないようにフォローしないと……」と、パインの一言に頭を抱えた。

マテウスは「はっ⁉　こいつ何言ってるんだ。会談中はずっと寝てて、いきなり王女をくれだと。ふざけてるのか……」と怒っていた。

そしてセリーヌは「何を言ってるの？　私は既にクリフ様と婚約していますわ。それにあなたみたいな人を好きになることなんてありませんわ」と呆れていた。

今回の会談に第一王女のヘレンは参加していなかったので、パインの言う王女との婚約とは、必然的にセリーヌとの婚約……ということになる。

一同がどうしたものかと顔を見合わせているとテキサスが声を上げた。

「いきなりですまん。マテウス王よ。パインもいきなり何を言ってるんだ。場を考えろよ」

「いやでも皇帝陛下よ～。帝国と王国の友好って大事だろ？　それに俺が一肌脱いでるんじゃないか」

「マテウス王よ。たしかにパインの言ったことはいきなりだったが、セリーヌ王女は年齢的にもそ

ろそろ婚約者がいてもおかしくないのではないか？」

「まあ、そうだな……」

「待ってください。公式に発表はしていませんが、私は既にある方と婚約しております。ですので、勇者様との婚約はできません」

セリーヌはパインとの婚約話をバッサリと断った。

そして「お父様、申し訳ありません。帝国との今までの関係が崩れてしまうかもしれませんが、私はこの方との婚約は絶対嫌です」と目でマテウスに訴えかけた。

マテウスはセリーヌの気持ちを汲んで、この婚約話は絶対に阻止しようと決めた。

「テキサス皇帝よ。先ほどセリーヌが言ったが、セリーヌには既に婚約者がおる。しかし、例えば息子のリッキーはまだ婚約者が決まっておらん。そちらの王女と婚約しても、王国と帝国の友好はよくなると思うが、どうかの～？」

マテウスとリッキーはお互いに目を合わせて「リッキーすまん」「父上、気にしないでください。王国と妹のためですから」と意思を確認した。

「なるほどな。たしかに俺の娘にもまだ婚約者はいないな。それも一つの方法ではあるな」

「それだったら俺は王国が魔王に襲われても助けねぇぞ!!」

パインがそう言うと、また場が静まり返った。

「勇者よ。それはどういうことだ。勇者はたしかに帝国で生まれた。が、王国、帝国、聖国の三か国の間で、魔王の脅威が現れたら勇者が先頭を切って魔王を倒すと決まってるはずだ」

「それは国が決めたことだろ。俺は知らねぇよ。それに魔王を倒せ、魔王を倒せって言うけど、俺は奴隷じゃない。俺にも褒美があってしかるべきだと思うが？」

「パインよ。それはさすがに言いすぎだろう。王女にも婚約者がいるというではないか」

「うるせぇよ。俺は勇者になった時に好きに生きるって決めたんだ。婚約者？　はん。俺よりいいやつなんていないだろ。王女だってそいつと婚約するより俺と婚約する方が幸せだろ？」

リッキーは「まずいな。ここまで勇者がバカだとは思わなかったぞ。このままいけばセリーヌが勇者と婚約することになってしまう。なんとかしないと」と考えて言った。

「勇者様。お言葉ですが、セリーヌの婚約者は神童と呼ばれており、今年の高等学校の首席です。しかも上位貴族であり、家族同士の話し合いの元で決まった婚約なので破棄することはできません」

リッキーが勇者とセリーヌの婚約は難しいとクリフの実績を伝えると、パインはこう答えた。

「首席って言ってもこの国でだろ？　勇者の俺の方が強いに決まってるだろ？　わかった。じゃあ決闘だ！　勝った方が王女の婚約者だ。それなら文句ねぇだろ」

テキサスは勇者の強さを知っているので「まったくこいつは次から次に問題を増やしやがる。勇者と決闘して相手が勝てるわけないだろ。そんなこと、向こうがＯＫするはずないだろ」と思っていたが――

「わかった。じゃあ勇者とセリーヌの婚約者が決闘して、勇者が勝てばセリーヌとの婚約を認めよう」

「お父様⁉」

マテウスは「安心せえ、セリーヌ。わしの魔眼で見る限り、勇者の能力よりクリフくんの方が上じゃ。ここは勇者の言う通りにしておかないと問題になりそうじゃ」とセリーヌに耳打ちし、決闘が成立した。

「マテウス王は話がわかるじゃないか。じゃあ早速決闘だ。で、その首席くんってのはどこにいるんだ？」

「いや待ってくれ。準備もある。決闘は明日行うのはどうじゃ。こちらも婚約者に話をしないといけないのでな」

「まあそれならわかったよ」

最後に勇者が爆弾を落とし、明日、パインとクリフが決闘することになった。決闘を決めたマテウスは、会談が終わるやいなやクリフを呼ぶために学生寮に騎士を派遣した。

☆

「クリフ様はいらっしゃいますか」

僕が部屋のドアを開けると、急いで来たのか、ゼエゼエと肩で息をしている騎士が三人いた。

「クリフ様、陛下がお呼びです。急ぎ王城へ来ていただけますか？」

「陛下がですか？　わかりました。すぐに行きます」

どうしたんだ？　今日は帝国との会談だよな。セリーヌからは連絡がないから彼女に何かあったわけではなさそうだし……まあ、とりあえず王城に行けばわかるか。


王城に着くと奥の部屋に連れていかれた。

そこには席に座ってイライラしている王様やリッキー王子、何やら落ち込んでいるセリーヌがいた。

「陛下より急ぎ王城に来るようにとのことでしたが、何があったんですか？」

僕は部屋の雰囲気で何かよくないことが起こったと思い、王様に尋ねた。

「クリフくん、すまん。セリーヌから聞いておるかと思うが、今日は帝国との会談があってな。そこに勇者が来てたんじゃ。それで明日、クリフくんと勇者が決闘する話になったのじゃ」

「えっ⁉」

やっぱり勇者が会談に来てたのか？　それにしても決闘？　どうしてまたそんなことに……？

リッキー王子が説明を始めた。

「クリフくん。あのバカ勇者がセリーヌと自分を婚約させせろって言ってきてね。クリフくんと既に婚約してるからそれはできないって断ったら、あのバカ勇者はそれなら今後王国には手を貸さないって言ってきたんだよ」

なんだそれ？　勇者のくせに私情挟みまくりじゃないか。だからリッキー王子もバカ勇者って言ってるのか……。

「クリフ様、ごめんなさい。私のために勇者と決闘なんかになってしまって……」

セリーヌが謝ってくる。

「セリーヌ、謝らなくていいよ。陛下、リッキー殿下、話はだいたいわかりました。明日、勇者と決闘すればいいんですね。大丈夫です」

いつか決闘があることは予想してたから、この日のためにかなり準備してきたんだ。勇者にも負けないはずだ。というか勇者はダメダメだな。これはもうダメだろ……。

「わしは魔眼で勇者の能力を見てみたんじゃが、クリフくんの方が能力は高かった。クリフくんなら勝つと思っておる」

たしか王様に僕のステータスを教えたのって三カ月前だよな。それよりも勇者のステータスが低いってことか……ならけっこう簡単に勝負はつくかもな。

王様の言葉を聞き、少し安心していると――

「じゃがクリフくん。いくつか問題もあるのじゃ。まず勇者は全国民にとって魔王を倒してくれる希望の星じゃ。あまり圧倒的な力の差でクリフくんが勝ってしまうと勇者が魔王討伐をしなくなるかもしれん。あのバカさだからな。それは避けたい。次にクリフくんの能力はあまり帝国にバラしたくない。『転移』などのスキルは使わないでほしいのじゃ」

「えっ⁉」

僕は予想外のお願いをされて固まってしまった。

『転移』禁止と圧勝禁止⁉　どういうことだ？　僕に勝つなってことじゃないよな。勝ってほしいって言ってたからそれは違うか。でもな～……。

「お父様、それはどういうことですか⁉」

セリーヌが王様に詰め寄った。

「セリーヌよ。お前の気持ちはわかるが、王としてクリフくんの能力を帝国にバラしたくないのじゃ。帝国は今や勇者を得て力がある。そこにクリフくんの『転移』の能力がバレてみろ。魔王討伐に必要だとかなんとか言ってクリフくんを取り込もうとしてくる。ただでさえ、能力を見てもクリフくんの方が上なのじゃ。勇者に圧勝したとしても、勇者と一緒に魔王を討伐してくれ！　と、帝国に連れていこうとするに決まっておる」

なるほど。王様の言うことも一理あるな。僕が勇者の代わりになるんじゃなくて、勇者とともに行動するようになるってことか……それはかなり嫌だな。セリーヌとは婚約者同士だし、ハーレムも……ってまだセリーヌだけだけど……クラスには綺麗な女性は多いし仲良くなったんだ。これからハーレムを形成はできる。それなのに勇者と一緒に行動するとなると、僕の夢が遠ざかってしまう。それは避けないと。

僕は王様の言った内容を吟味しつつどうしようか考えていた。

待てよ……予知夢の内容も実は王様が言ったことを忠実に守った結果なのか？？　もしかして本当は僕は剣を召喚できていたのかも。でも王様に能力を見せるなって言われたからスキルを使わずに勇者と戦って、死んだ。……あり得るな。

勇者の能力は僕よりも低いって王様は言ってたけど、夢の中だと聖剣の力に負けたって感じだったもんな。もしかしたら聖剣を召喚することで能力が上がったりするのかもしれないな。

僕は死ぬわけにはいかないから危なくなればデュランダルも使うし『転移』も使った方がよさそうだ。死んだら元も子もないもんな。

僕は夢で見た通りの内容になるかもしれないと思い、気を引き締めた。

「クリフ様！　本当にスキルを隠して大丈夫なんですか？」

セリーヌが心配して問いかける。

「セリーヌ、安心してくれ。僕は負けないよ。陛下には申し訳ないけど、負けそうになったら『転移』も使う。勝つ前提で、あとはどれだけ能力を隠して勝つことができるかっていうのが課題かな」

「うむ。それで構わん。そもそも負けたらセリーヌは勇者と婚約させられるんだ。勝つことは絶対条件じゃ」

「ありがとうございます、陛下。明日までまだ時間がありますので、勇者との決闘についてどうするか考えてみます」

「うむ。クリフくん、今日は王城に泊まっていくといい。お風呂もあるからゆっくり考えられるじゃろ」

お〜風呂はありがたい。久々にリフレッシュして明日の勇者との決闘に備えよう。

僕は王様の言葉に甘え、その日は王城に泊まることにした。


久々のお風呂でゆっくりしながら明日のことについて考えていた。

ふ〜気持ちいいな。さすが王城の風呂だ。でかい!! テンプレならセリーヌとのお風呂イベントとか、お風呂で勇者に出会う、とかあるかもしれないからちょっと緊張するけど……まあ今は明日の決闘のことを考えよう。勇者に華を持たせつつ僕が勝つ……か……けっこう難しいよな。勇者の戦闘スタイルも知らないし、ぶっつけ本番だよな〜……。は〜僕にできるかな……。

テンプレは起きず、僕はお風呂でゆっくり明日の決闘について考えることができた。そこで王様に一つのお願いをすることにした。

王様は快くうなずいてくれた。

「よし。これで心配事が一つ解決したな。あとは作戦通り行くかどうかだな……僕だけではダメだから陛下にもがんばってもらわないとな」

僕は明日の決闘のための案を考えて、あることを実行に移していた。これが実現することで夢とは内容が違ってくる。必然的に結果も変わってくるだろうと考えていた。

☆

そして決闘当日。

王城の闘技場には僕と勇者が対峙していた。もちろん周りでは王国の王族の一団と、帝国の一団が、それぞれ僕たちを見ていた。

「お前が王女の婚約者か。あまりぱっとしないな。安心しな。王女は勇者である俺がもらってやるよ。お前はここで俺に負けて、無様《ぶざま》に去っていけよ」

「あなたが勇者様ですね。初めまして。僕はクリフ・ボールドと申します。勇者様と決闘できて光栄ですが、セリーヌは僕の婚約者です。いくら勇者様でもこればっかりは覆すことはできません。なので今日は全力で臨ませてもらいます」

僕は腰の剣を抜いた。事前に創造して召喚した神剣デュランダルだ。

「ほう。かなり強そうな剣じゃないか？」

「ええ。セリーヌと婚約した時に陛下よりいただいた剣です」

「セリーヌと婚約した時にクリフくんには宝物庫よりデュランダルという剣を贈っておるのじゃ。聖剣にも引けを取らぬ名剣じゃぞ」

「はん。聖剣に勝てるモノか!!　来い、エクスカリバー!!」

勇者が叫ぶとその手元に聖剣エクスカリバーが現れた。

「俺様が最強の理由はな、勇者の称号とこの聖剣エクスカリバーがあるからだ」

なるほどね。たしかに聖剣を召喚してから勇者の雰囲気が変わった気がする。やっぱり聖剣には能力を上昇させる効果があるんだろう。でも僕だって不壊をイメージして剣を創造したんだ。夢のように無様には負けないぞ。

「それではこれより勇者パイン様とクリフ様の決闘を開始します。ルールは簡単です。どちらかが参ったと言うか致命傷になる一撃を入れるまで。また、勝負が決まったと思ったらこちらから止めることもあります。それでは開始!!」

開始と同時に勇者は後ろに下がって距離を取った。

「お前を倒したら王女は俺のモノだー!!　お前みたいなクソに俺が負けるかよ。俺が世界最強だ。行け!　聖剣エクスカリバーー!」

勇者は聖剣を振って斬撃を飛ばしてきた。

来たな、飛ぶ斬撃。でも聖剣から斬撃が飛んでくるのは夢で予習済みだ。こっちも斬撃を飛ばせるんだよ!!

「行け～デュランダル!!　『スラッシュ』!!」

僕も負けずにデュランダルを振って斬撃を飛ばした。

お互いから放たれた斬撃は中央で衝突して消えていった。斬撃勝負は引き分けのようだ。

「何!?　俺の斬撃を防いだだと!?」

勇者は驚いていた。それもそのはずだ。きっと勇者は今までほとんどの敵をエクスカリバーの斬撃で葬《ほうむ》ってきたのだ。それをいきなり防がれたのだから驚きもするだろう。

よし。王様に言ってデュランダルをもらったことにして、初めから創造して召喚したのは正解だったな。『スラッシュ』のスキルとデュランダルの効果で勇者の斬撃を防げたぞ。あとはうまく立ち回って引き分けに持っていくのがベストだな。

僕は勇者に勝つと後々面倒だから、決闘を引き分けにしようと考えていた。勇者が勝ったらセリーヌと婚約するという話なので、引き分けならその話が流れると思ったからだ。

「まだまだ！」

勇者は次々と聖剣エクスカリバーを振って斬撃を飛ばしてきた。僕は冷静にエクスカリバーの斬撃を見極め、『スラッシュ』で相殺《そうさい》していった。

「はぁはぁはぁ。少しはやるようだな。でも!!　これならどうだ!?」

勇者は突撃してきた。エクスカリバーが迫る。

カンッカンッカン!!

エクスカリバーを防御する。しかし勇者は攻撃の手を緩めない。

さすが神様のスキルの『聖剣召喚』だ。威力が強いな……さばけなくもないけど、このまま防戦一方だと万が一もあり得るか……。

僕は剣を防ぐのやめて受け流していった。そのままカウンターで勇者に攻撃を仕掛けていく。

「今度はこっちの番だ」

デュランダルで勇者を攻撃する。勇者は防御なんかできないだろうと思っていたが、剣が意思でも持っているかのように僕の攻撃を防いでいた。

攻撃疲れが出てるから防御できないと思ったけど、聖剣の能力か？　聖剣が勇者を動かしているように見えるな。このままじゃ勝負はつかないな。勇者の性格じゃ引き分けにするのは難しいか……仕方がない。ある程度接戦を演じたら剣を飛ばして終わりにするか……。

この日のために学校が始まってから三カ月間、ひたすら努力をしてきた僕は勇者といざ決闘をしてみて、勇者の力量がある程度掴めていた。その上で勇者相手ならいつでも勝負を終えられることを確信していた。負けることはない！　と思っていたのだ。

学校初日に勇者との決闘を行って死んでしまう夢を見ていなければ、それなりに学校生活を楽しんで過ごしていただろうから、僕はきっとこの決闘で勇者に負けて死んでいた。ただ幸か不幸か、夢で今日のことを先に知ることができた。しっかりと今日のために努力を続けた僕が勝つのは必然だ。

何度か剣を打ち合ったところで僕は勇者の剣を弾き飛ばした。

「これで終わりだ!!」

聖剣エクスカリバーは勇者の手を離れて空高く舞い上がり、闘技場の隅に刺さった。

「これで聖剣はなくなったぞ。負けを認めたらどうだ？？」

「まだだ!!　聖剣がなくても俺は勇者だ。負けるわけがない」

勇者は再度『聖剣召喚』を行い、隅にあった聖剣を呼び寄せた。

あ〜。剣を飛ばしても召喚ですぐに手元に戻ってくるのか……これじゃいつまで経っても終わらないじゃん……。

僕はどうしたら勇者が決闘をやめるか考えていた。その後も勇者が斬撃を飛ばしたり剣で攻撃を重ねてきたが、勇者の動きに慣れた僕は楽々と対処していた。

もう体力の限界だろ？？　テンプレ展開なら、ここでラストアタックで勝負を決める流れか……勇者に全力を出させてそれを僕が防いだら勇者は倒れるだろう。それで僕がデュランダルを消滅させれば勇者の面目も保たれるだろ……よしそれで行こう。

「もうヘトヘトじゃないか。僕ももうそろそろ体力の限界だ。どうだ、次の一撃で決めるっていうのは……」

「いいだろう。俺の全力を見せてやる。聖剣エクスカリバーよ、お前の全力を見せてみろ！」

お〜聖剣の光が強くなった!!　威力を上げたのか？

「行くぞー。王女は俺のもんだー！」

「お前には渡さない」

僕と勇者の剣が交差する。すさまじい力の衝突に周囲に爆風が広がった。

さすがに全力の聖剣はずっしり来たな。でも……なんとか防げたぞ。さすが神剣デュランダルだ。剣まで作れちゃう『創造魔法』ってかなりチートだな。勇者が倒れてる。よし、僕も膝をついて剣を粉々にするイメージでっと……。

僕は勇者が倒れたのを見て、相打ち＋剣を破壊されたことにして引き分けに持ち込むことに決めた。爆風が収まったら、倒れて気を失っている勇者と、剣を破壊されて膝をついて倒れそうな僕が見えているはずだ。

「それまで!!　両者戦闘不能によりこの勝負、引き分けとする」

よかった～予定通りにできたぞ!!　あとは気絶したフリだ。

僕はそう思って気絶したフリをしようとしたが、勇者の剣の威力は想像以上だったのだろう、気を抜いた僕は本当に気絶したのだった。

☆

目が覚めるとベッドの上にいた。

「知らない天井……じゃないか。昨日もここで寝たっけ。って、なんで僕はここにいるんだ？？たしか勇者と決闘して…………!? あれっ、なんで僕はここで寝てるんだ？ もしかして僕は負けたのか？？」

「安心してください、クリフ様。クリフ様は負けていませんよ」

起き上がって周りを見るとソファーに座ったセリーヌがいた。

「セリーヌ。勇者と決闘して、僕って勝ったんだったっけ？」

「いいえ、決闘は引き分けに終わりました。勇者様とクリフ様は最後に全力でぶつかってお互い気絶したんですよ」

「そうだったんだ。でもよかった～。引き分けってことは、セリーヌと勇者の婚約話はなくなったんだよね？」

そうセリーヌに尋ねると、セリーヌは僕の元に来て僕を抱きしめた。

「はい。ありがとうございます。私はクリフ様の婚約者のままです。本当にありがとうございます」

お～!? セリーヌの胸が当たる!! これは幸せだ!! でも……息ができない……。

セリーヌの胸に埋もれて息ができなくなり、必死にセリーヌを放そうとする。

「セリーヌ!? 息ができないよ～」

「ああごめんなさい。とてもうれしかったから」

「うん。僕もうれしかったよ……」

「えっ？？」

「ううん。なんでもないよ」

危ない危ない。でも……勇者との決闘がんばって本当によかった。あれ？　そういえば勇者はどうなったんだろ？？

「セリーヌ。勇者はどうなったの？」

「はい。勇者様は昨日、帝国に戻っていきましたわ」

「昨日？」

「はい、クリフ様。クリフ様は決闘が終わって二日間眠ったままだったんですよ。全然起きなかったから心配してたんですが、目を覚ましてほっとしました」

「二日も寝てたんだ……」

意外に勇者との力の差はなかったのかもしれないな。もしかして本当に運がよかっただけかもしれないな。

「はい。勇者様も決闘で気絶したんですが、昨日目を覚ましました。勝てなかったことを悔しがっていましたが、デュランダルを壊したこととクリフ様がまだ目を覚ましてないことを聞いて、気分よさそうに帰っていきましたわ」

「そうなんだ。なら作戦は成功したんだね」

「はい。作戦通りですわ。本当にありがとうございます」

セリーヌはそう言って近づき、僕にそっと口づけした。

「んんん‼」

キスされた⁉

「私の初めてですよ。クリフ様、私のためにがんばってくれてありがとうございます」

セリーヌが顔を赤くしてお礼を伝えてきた。

「セリーヌのためだからがんばったんだよ！」

僕も顔を赤くしてセリーヌを見つめる。

お互いが見つめ合う……そしてしばらく見つめ合い……再度、お互いの顔が近づいていく。

「コン、コン、コン」

部屋のドアが開く音が聞こえてとっさに離れる。セリーヌはベッドから離れ、僕は起き上がっていたが再びベッドに横になった。

いい雰囲気で誰かが来るってテンプレかよ。これほど起こってほしくないテンプレもないよな……。

「はい」

「失礼します」

入ってきたのはメイドだった。

「クリフ様、目が覚めて何よりです。体調は大丈夫ですか？」

「はい。もう全然動けそうですよ」

「それはよかったです。陛下がお呼びですが、どういたしますか？」

「大丈夫です。二日も寝たままで色々心配かけたと思うので、準備したら陛下の元に向かいます」

「わかりました。陛下にそのように伝えます」

僕は王様に会う準備のためにベッドから起き上がった。

「それではクリフ様、私も失礼しますわ。お父様とのお話の後、今日は王城で食事もしていってください」

「ありがとう、セリーヌ。また後でね」

「はい」

セリーヌは部屋から出ていった。

僕は準備をして、王様の元に向かった。


「陛下。クリフ・ボールド、参上いたしました」

「うむ。クリフくん。そう固くならんでよい。こちらに座ってくれ」

謁見の間ではなく、奥の個室だったので、僕はソファーに座った。

「まずはよくやってくれた。クリフくんのおかげでセリーヌを勇者に取られずに済んだ。しかも帝国にクリフくんの能力がバレずに済んだのも大きい。ありがとう」

「無事にセリーヌを守れてよかったです」

「あとはすまなかった。わしの魔眼で勇者よりもクリフくんが格段に強いと思ってあんな提案をしたんじゃが、勇者が思いの外《ほか》強かった。あんなに強いならクリフくんにあんな提案をしなければよかったと思った。セリーヌにもだいぶ怒られたしな。国のためとはいえ、クリフくんを危険な目にあわせたことを謝罪させてほしい。この通りだ」

「陛下、顔を上げてください。僕は無事に生きています。セリーヌも無事です。それだけで十分です」

「そう言ってくれると助かる」

「今回の件で、クリフくんのスキルがバレることはなかったが、クリフくんの力は帝国にバレてしまった。今後何かしら問題が起こることも考えられる。わしら王族も、クリフくんをこれからサポートしていくつもりじゃ」

「ありがとうございます。助かります」

まあ王様の変な提案のせいで全力を出せなかったし、二日間も寝る羽目になったんだから当然だよな、言わないけど……。とりあえず勇者イベントが無事に終わったからよかったとしよう。早く帰ってゆっくりしたい。

その後、王城で食事を取り、風呂に入って王城でもう一泊した僕は学生寮に帰った。

☆

決闘を終えたパインは帝国に戻ってきていた。

「くそ～。あのクリフとかいうやつのせいで王女をモノにできなかったじゃないか。せっかく王国まで足を運んだのに無駄だったぜ」

パインが王国でのことを愚痴っていた。

「パインよ。お前は勇者だ。ただ鍛錬をしないと、今後もああいったことが起こるぞ。クリフという少年はお前より剣をうまく使っていたぞ」

「わかってるよ。でもあいつがいなかったら今頃俺は王国の王女様と婚約できたんだ。そうなっていれば気分よく魔王討伐もできたのに。それができなかったからイライラしてるんだよ」

「まだお前は若い。これから魔王が攻めてきた時はお前だけが頼りだ。そのために協力はしているつもりだ。頼むぞ」

「もちろんだ。俺は勇者だ。皇帝陛下のサポートには感謝してるよ。俺に足らないのはレベルだ。レベルを上げればあんなことは起きなかった。俺は最強だ。最強でないといけない」

パインは「そうだ。あいつと引き分けたのも俺のレベルが低かったせいだ。あいつの剣は粉々に砕いてやったから今やれば俺が絶対勝つ。俺はまだ王女を諦めないぞ。今度会った時は完全勝利してやる」と、クリフと引き分けた理由を自分のレベルが低いからだと思った。そのため次に会った時に完全勝利するために、帝国の端にある深い森へレベルアップに行くことを決めた。

「よし。この辺なら俺の相手になる魔物も少しはいるだろう」

パインは魔物を見つけると聖剣エクスカリバーから斬撃を飛ばし、魔物相手に無双した。

そして何度も頭の中に流れるレベルアップのファンファーレに気をよくしていた。

「初めっからこうすればよかったんだよ。ちまちましなくてもこうやってレベルを上げてれば、魔王だろうがなんだろうが俺の敵じゃないだろ‼」

周辺の魔物を狩り尽くして気分がよくなったパインはストレス発散できたのか、帰ろうとしていた。すると……。

「ん？　なんだ？　何か感じたことのない気配がするな……」

今までに感じたことのない気配に触れたパインは、身を潜めて気配のする方に歩いていった。その先には……頭から角を生やした人型の魔物？　がいた。

「なんだあれは？　目が赤い……あれが魔族ってやつか……」

目が赤く、人型で角があり、羽がある――魔族の特徴である。

パインは深い森の中で魔族を発見したのであった。

するとは魔族がつぶやいた。

「この辺にけっこう魔物を集めてたのに全然いない。これじゃ帝国を攻められないじゃないか‼　せっかく帝国と王国の周辺に魔物を集めて一気に二か国を攻め落としてやろうと思っていたのにどういうことだ？」

それを聞いたパインは「俺がこの辺りの魔物を倒したからか。そういえばいつもより魔物の数が多かった気がするな……それより魔物を集めて帝国を攻めるだと⁉　魔王の刺客ってやつか？？」と考え、魔族に近づいて、聖剣エクスカリバーで魔族の腕を切り落とした。

「ギャーッ」

魔族は一瞬で腕を切り落とされて悲鳴を上げた。

聖剣エクスカリバーには魔族特攻がある。魔族相手には絶大な効果を発揮するのだ。

まさに勇者専用の剣だった。

パインは魔族の首に聖剣を突き付けた。

「おい、お前は魔王の手下か？？」

「お前！　何者だ？」

「俺のことを知らないのか？　俺は勇者だ。もう一度聞く。お前は魔王の手下か？」

「そうだ」

パインは「今、こいつを倒してもあまり俺にとってメリットがないな。それよりも、こいつ、さっき帝国と王国って言ってたよな。ちょっと情報を得ておくか」と考え、問いかけた。

「おい。さっきの話を聞いたんだが、帝国と王国を攻め落とすってどういうことだ??」

「そんなことを話すと思うか?」

「話さなくても別に構わないが、それならここでお前が死ぬだけだ。話せば命は助けてやる」

「まあ助けるかどうかはお前の選択次第だがな」と思いながらパインは言った。

「魔国から転移魔法陣を使って帝国と王国に魔物を集めている。周辺に魔物を集めて四方から両方の中心を一気に攻め落とす計画だ」

「計画は魔王が立てているのか?」

「魔王様は知らない。俺たちが勝手にやっているだけだ。魔王様はまだ力が完全じゃない。その前に俺たちが人間どもを恐怖に陥れるためにやっていることだ」

「なるほどな。おいお前!! 帝国には俺がいるからやめておけ。魔物がもったいないだろ。それよりも帝国周辺に『転移』させるモンスターも王国に全て『転移』させろ。そうした方が向こうに使う戦力も増えるから好都合だろ?」

「どういうことだ?」

「どうもこうもない。お前を逃がしてやるから帝国を狙わず、王国を狙えと言ってるんだ」

「お前は勇者なんだろ? なぜそんなことをする」

「俺だって嫌いなやつの一人や二人はいる。今は王国が嫌いなだけだ」

パインは「王国がピンチになって、俺が助けてやったら王女をゲットできるかもしれないしな。

それに俺の最終目的は魔王の討伐だからな。雑魚に用はない」と考えていた。

「わかった。しばらく帝国は狙わない。狙うなら王国にする」

「よし」

パインは首に突き付けた聖剣を外した。

魔族はそのまま逃げていった。

「はは。今後の王国が見ものだな。あの時俺と婚約しなかったことを後悔させてやる」

パインの助言により、魔族は王国への進行を開始するのであった。

第35話　リースは気が利く相棒⁉

勇者との決闘を終えたクリフは、学生寮の自分のベッドに寝転んでいた。

「パインは強かった。僕の実力じゃ引き分けに持ち込むのが精一杯だった。勇者か……やっぱりチートだよな〜。今回は追い払えたけど、次はどうなるかわからない。もっともっと強くならないと……」

難しい顔をしながらベッドに寝ているクリフを見て、リースは無言で部屋を出た。

「リース？　部屋を出てもいいけど、寮の外には出ちゃダメだよ」

リースはクリフの言葉を無視し、学生寮を出た。向かう先は宿屋「やすらぎの里」だ。

「あっ、リースちゃん」

そう言って声をかけたのは、やすらぎの里で受付をしていたミーケだ。

リースはミーケを見つけると、そのままミーケに近づいた。

「キッキッ。キッキッ」

「えっ？　クリフくんが？」

クリフですらリースが何を言っているかわからない中、ミーケはそれがわかるようになっていた。リースはクリフが学校に行っている間、よく学生寮を抜け出してはやすらぎの里へ行っていた。

もちろんクリフと同じように、ミーケも学校に行っていていないのだが、ミーケの家族がいるので、リースはよく餌をもらいに行っていたのだ。

そしてリースの話を聞いたミーケは、リースを抱いてクリフのいる学生寮へと向かった。

☆

「ミーケ？　あれリースも。どうしたの？」

「クリフくんが落ち込んでるってリースちゃんから聞いたから、来たんだよ。クリフくん、よかったら買い物に行かない？　実はリースちゃんと買い物に行く約束してたんだ」

「えっ？　リースと約束？」

「うん」

どういうこと？　リースと約束？　同じキツネ耳同士で何か通じるモノがあるのかな？　でも気分転換にはいいかもしれない。ずっと部屋に籠もってたってつまらないことを考えてしまうだけだし。僕はミーケの提案を受けて、ミーケとリースとともに買い物に出かけた。

「リースちゃんがね、クリフくんが落ち込んでるからなんとかしてあげてって、やすらぎの里まで来たんだよ」

「リースが……そっか……リース、ありがとな」

「キッキッ」

肩に乗るリースをなでてやると、リースは気持ちよさそうな顔をして、僕の指をペロペロ舐めた。

さすが癒しの代表だな。モフモフもそうだけど、リースを見てるだけで癒されるよ。

僕たちは小物が売っている店に立ち寄った。

「ここで、前にリースちゃんに似合いそうなスカーフを見つけたんだよ」

そう言って、ミーケは店の奥へと入っていった。しばらく経つと、一枚のスカーフを持ってきた。

「これだよ。リースちゃんの首に巻いたら似合うと思うな～」

「たしかに。緑色のスカーフか～。リースにちょうどいいな」

ミーケが持ってきたスカーフを購入し、リースの首に巻いてやる。

「キッキキ！」

リースも気に入ったのか、鳴きながら僕の肩の上を右から左へと動き回った。

「喜んでるな」

「うん。それにクリフくんもようやく笑った」

「えっ⁉」

「クリフくん。リースちゃんに感謝しなくちゃね」

「……そうだな。それにミーケもありがとね」

「えっ……私はそんな……リースちゃんが困ってたから助けただけで……」

「ミーケがリースと仲良くしてくれるとうれしいよ。なんてったってリースは僕の相棒だからね」

リースのスカーフを購入した後は僕にも元気が戻り、ミーケとリースとともに王都で買い物を楽しんだ。

僕は元気を出させてくれたリースに対し、これでもかというほど、色々なモノを購入した。

肉串に果物に野菜にスイーツ、見事に食べ物ばかりだが、リースは小さな身体では考えられないぐらい僕が購入したモノを食べていった。

その度に僕の顔をペロペロする姿を、ミーケと二人でほっこりしながら眺めていた。

「キッキキッキ」

「えっ？」

「どうしたの？」

「リースちゃんが、スイムの分も買って帰らないと今度はスイムが落ち込んじゃうって」

「ああ〜。たしかに」

「そういえばスイムは部屋に置いてきちゃったね」

「そうだな。僕もそこまで気が回らなかったよ。よし、リース。今日リースが食べたモノ、全部もう一回買いに行こう。スイムへのお土産だ」

「キッキキッ！　キッキキッ！」

とても気が利く相棒のリースのおかげでいい気分転換ができて、僕は勇者との決闘で落ち込んでいた気分も、うまく切り替えることができたのだった。

第4章　魔族襲来⁉　王国を守れ

第36話　『武』の序列戦始まる

帝国との会談が終わり一週間が経った。

あれから僕は普通の学校生活に戻っていた。学校で授業を受けてから図書館に行ったり、魔法研究会で魔法について学んだり教えたり、校長と魔法について話をしたりと、ごく普通の学校生活を過ごしていた。


ある日のホームルームで、フローラ先生が『武』の序列戦について話してきた。

「一週間後にSクラスの『武』の序列戦を行います。今回は初めての序列戦になりますので、参加する十人がランダムで戦闘していきます。トーナメントみたいな感じですね。入学当初に説明したように、ここで序列が九位か十位になった人はAクラスの一位と二位との入れ替え戦を行ってもらいます。入れ替え戦に負けてしまうとSクラスからAクラスになってしまいますので気をつけてくださいね」

もう序列戦の時期か……学校での初めてのイベントだな。クラスのみんなとも仲良くなったからできれば全員Sクラスで続けていきたいな。僕も一位を取れるようにがんばらなくちゃ。

改めて整理すると、Sクラスの『武』の序列戦に参加する生徒は次の通りである。

クリフ・ボールド：辺境伯家次男でセリーヌの婚約者、学年首席
マッシュ・ステイン：伯爵家長男、魔法は得意でないが近接戦闘が得意な赤髪イケメン
フレイ・ファイン：侯爵家長女、北の魔女、魔法研究会でクリフを師匠と呼ぶ魔法大好き少女
ルイン・ミッドガル：男爵家長男、北の剣聖、最近はマッシュとよくつるんでいる
ソロン・マーリン：子爵家次男、賢者、寡黙《かもく》な少年
マロン・メビウス：男爵家長男、マッシュの取り巻き①、魔法も剣も使える
マーク・ハーマン：子爵家長男、セリーヌの付き人②、剣のレベルはルイン並み
フィル：エルフの女性、『精霊魔法』が使える
タフマン・サッカー：男爵家長男、騎士の家系の武闘派、素振り大好き
ドラン：平民、『土魔法』使いでゴーレム使い

この中なら、強敵はマッシュかルイン、もしくはフレイかな？　フィルは実力があまりわからないんだよな～。実は強敵ってこともテンプレだったらあり得るよね。

授業が終わるとそれぞれの生徒が序列戦について盛り上がっていた。

僕もセリーヌと序列戦について話していた。

「クリフ様、序列戦ですね。まあクリフ様はSクラス一位は当然ですね。私も応援していますわ。もちろんマークも応援してますよ」

マークはセリーヌのお付きで、学校内ではセリーヌはお付きのユウリとマークとほとんど一緒にいた。

「もちろんです、セリーヌ様。お付きとしてクラスが替わってしまうなどもっての外《ほか》です。クリフ様にはさすがにかないませんが、私も日々訓練してるのでクラスが替わることはないと思います」

「そうだね。マークも強いもんな～。たしかに一位は狙いたいけどマッシュとかルイン、フレイなんかも強いからね。油断すると負けちゃうから僕も油断はしないよ」

セリーヌと話しているとマッシュとルインが近づいてきた。

「クリフ～。ようやく序列戦だな。早くお前と戦いたいぜ」

マッシュ、お前は戦闘狂かよ!?

「マッシュ、ルイン。僕も序列戦は楽しみだよ。マッシュもルインも何度か手合わせして強いのは知ってるからね。僕も剣術はまだまだだから二人との模擬戦は楽しいしね」

「たしかにな。でもクリフには魔法があるもんな。魔法なしなら勝てる気がするが魔法ありだとちょっと厳しいっていう感じだな」

「大丈夫だよ。マッシュやルインと当たっても遠くから魔法を連発して終わらせようとは思ってないから。僕も一位にはなりたいけど、色んな人と模擬戦できるのは楽しそうだしね」

僕も意外と戦闘好きみたいだ。マッシュに戦闘狂って思ったけど自分も当てはまるかも。

クラス内での話し合いが終わり、午後の授業を受けた。

☆

【名　前】クリフ・ボールド
【年　齢】11歳
【種　族】人族
【身　分】辺境伯家次男

学校が終わって、学生寮に戻ってきた僕は、序列戦を見越してステータスを確認していた。

【性　別】男
【属　性】全属性
【加　護】創生神の加護・魔法神の加護・剣神の加護・武神の加護
戦神の加護・愛情神の加護
【称　号】（転生者）・神童・大魔導士・Bランク冒険者
大賢者の再来・Bランクダンジョン攻略者
学校首席・勇者のライバル
【レベル】60
【H　P】70000
【M　P】180000
【体　力】8000
【筋　力】8000
【敏　捷】8000
【知　力】8000
【魔　力】60000
【スキル】鑑定・アイテムボックス・全魔法適性・隠蔽・全武器適性
無詠唱・身体強化・気配察知・消費MP軽減・戦闘補正S

状態異常無効・転移魔法・創造魔法
全魔法LV10・全武器LV10

勇者との決闘に備えてけっこうレベル上げたからな。魔法も『創造魔法』で色々できるようになったからかなり万能になったぞ。魔法も使えて剣も使える。これってやっぱりチートだよな。勇者と戦って無事で済んでいるってだけでもすごいことなのかも……。

勇者と戦うためにダンジョンや魔の森でレベル上げをしていたので、僕は全体的にレベルを大幅に上げていた。また、『創造魔法』で様々な魔法を創造することができる僕は、前世の知識を活用して雷だったりライフルみたいな魔法だったりと、思いついたことを即座に実行できるようになり、チートとして申し分ない実力を得ていた。

ちなみに一人でレベルを上げに行ったのではなく、スイムと二人でレベルを上げに行っていて、スイムもレベルを大幅に上げていた。

【名　前】スイム
【年　齢】5歳
【種　族】スライム族
【身　分】スライムエンペラー

【性　別】女
【属　性】水・空間
【加　護】スライム神の加護
【称　号】クリフの従魔
【レベル】50
【Ｈ　Ｐ】５０００
【Ｍ　Ｐ】５０００
【体　力】５０００
【筋　力】５０００
【敏　捷】５０００
【知　力】５０００
【魔　力】５０００
【スキル】収納（アイテムボックス）・物理無効・分裂・吸収
水魔法・擬態・暴食・変身・ブレス

スイムはスライムエンペラーに進化していた。進化してレベルは1になったが、そこから50まで上がり、能力は大幅に伸びていた。だがまだ人型への変身はできない。これから人型になれるのだろうか？　そしてスイムと話すことはできるのだろうか……。

スイムもかなり強くなったよな。ていうか、もう僕とスイムの二人パーティーでダンジョンとかの攻略も楽々できそうだな。序列戦が終わったらダンジョン攻略も再開しないとな。あとドラゴン討伐と！　ドラゴンスレイヤーはかっこいいもんな。

僕は自分とスイムのステータスを確認して、序列戦への準備を終えた。

☆

それから二日後。『武』の序列戦が始まった。

「それではこれからSクラスの序列戦を始めますね。ルールは簡単です。一対一の戦闘でどちらかが参ったと言ったら終わりです。殺してはダメですよ。それでは一回戦の組み合わせを発表します」

フローラ先生がSクラスの『武』の序列戦の組み合わせを発表した。

クリフ・ボールド　VS　タフマン・サッカー
マッシュ・ステイン　VS　ドラン
フレイ・ファイン　VS　フィル

ルイン・ミッドガル　VS　マロン・メビウス
ソロン・マーリン　VS　マーク・ハーマン

勝ったら再度抽選して組み合わせ、の流れだ。一回戦に勝てばSクラスの残留が決定する。

一回戦の相手はタフマンか〜。あいつは剣の扱いがかなりうまいからな。負けることはないとは思うけど油断はできないな。

「では、初めにクリフくんとタフマンくんから始めます」

フローラ先生が一回戦で戦う僕とタフマンを呼んだ。

「タフマンくん、よろしくね」

「ああクリフくん。全力で行かせてもらうよ」

僕とタフマンの『武』の序列戦が始まった。お互い木剣を持っている。

「それでは始め」

始まると同時にタフマンが攻撃を仕掛けてきた。サッカー家は代々王城に仕える騎士の家系だ。タフマンも同じように騎士を目指している。ほぼ毎日授業の後は素振りをしており、剣の扱いは非常にうまい。

タフマンの攻撃を難なく防いでいく。僕は全武器に適性があり、レベルも10だ。スキルレベルが高いだけでそれなりに剣術はできるようになる。だが、僕は武器の中では剣を一番使用していて、剣の扱いには慣れていた。タフマンの攻撃は上級者レベルではあったが、僕は自身のステータスの高さ、スキルによる補正、さらに日々の経験による能力の高さでタフマンの攻撃を全て防いでいた。

でも、タフマンってけっこう強いんだな。剣術もうまいし、対人戦ならそこそこいい線行くんじゃないかな。僕はチート持ちだから対応できてるけど、魔法職の人だったら多分勝てないよな。それにしても剣の使い方が基本に忠実で勉強になるな。

僕は剣術のスキルレベルは高いが、子どもの頃に家庭教師から教えてもらったぐらいだ。「○○流」みたいなしっかりした剣術を習ったことはない。なので、タフマンのように正当な騎士の剣術を体験できたことに感動していた。これを理解してマスターしたらまた強くなれるかもな。終わったらタフマンに剣術教えてもらおうかな？？

タフマンの攻撃をいなしつつ、僕は攻撃の間で反撃をしていった。タフマンも僕の攻撃を防御するが、僕が繰り出す攻撃の方が速くて防御が追いつかなかった。

「くっ」

タフマンが剣を肩に受け、距離を取った。

「さすがに強いね。剣術だけならクリフくんにも勝てるかもって思ったけど、厳しそうだ。もう体力も限界で肩に力が入らないから剣を握ってるのも辛いし、降参するよ。参った」

タフマンが降参して僕が勝利した。

「いやタフマンくんも強かったよ。剣術がすごい綺麗だった。無駄がないって言うのかな。僕って我流だからタフマンくんさえよかったら剣術の型とか教えてくれないかな？」

「ああ、僕でよければいつでも教えるよ。って言っても普段は素振りばかりしてるけどね。素振りもしてると毎日新しい発見があってね、自分の動きを確認しながら素振りをすることで無駄をなくしていってる気がするんだ。他にも……」

タフマンは自分の剣術が褒められてうれしくなったのか、剣術について延々と話していた。

タフマンって剣術が好きなんだな……。


僕は一回戦を終えてSクラスのメンバーが見ている観客席に向かった。

「クリフ様おめでとうございます」

セリーヌが一番にお祝いを伝えに来た。

「ありがとう、セリーヌ。まだ一回戦だけどね。ただ、これでSクラス残留が決まったから素直にうれしいかな」

セリーヌと話していると他のSクラスのメンバーも話しかけてきた。

「クリフ様、一回戦突破おめでとうございます」

話しかけてきたのはセリーヌの隣にいたジャンヌだ。ジャンヌは公爵家の令嬢でセリーヌの仲の良い友人の一人だ。

「ありがとう、ジャンヌ」

「タフマンは騎士を目指していて、学校でも毎日素振りしてるのをよく見かけますわ。そのタフマンを剣で倒してしまうなんて、クリフ様は魔法だけでなく、剣術でもお強いんですね」

「僕は魔法の次に剣が得意だからね。でもタフマンも強かったよ。さすが毎日剣を振ってるだけのことはあるね」

「でも、どうして魔法は使わなかったんですか？」

「タフマンは魔法が得意じゃないからね。そこに僕が魔法を使ったらフェアじゃないかなって思ってね。手を抜いてるってわけじゃないよ」

「そうなんですね。その考え方は素敵ですわ」

僕とジャンヌが仲良く話しているとセリーヌが会話に入ってきた。

「もう。ジャンヌとばかり話さないでください。私もクリフ様ともっと話したいんですよ」

「あらっ、セリーヌはいつもクリフ様と話してるじゃない。私だってクリフ様と話す機会なんてあまりないんだから」

ジャンヌもかわいいんだよな〜。セリーヌのいるところでしか話したことがないからまだそこまで仲が良いってわけじゃないけど、これから仲良くしたい一人だよな〜。

「たしかにセリーヌとはいつも話してるな。ジャンヌも別に普通に話しかけてくれても全然いいよ」

「本当ですか⁉　正直セリーヌの目が怖くてなかなか話しかけづらかったんです。それはうれしいですわ」

「ちょっ!!　ジャンヌ」

なるほど。クラスの女性陣にはセリーヌが圧をかけてるんだな。まあハーレムを築きたいとはずっと言ってるけど、正直なところ、セリーヌだけでも十分なんだよな～。ハーレムを築く異世界小説の主人公ってどうやってるんだろ？？　実際に目指してみると、なかなか難しくて思うようにいかないよな。

☆

しばらく三人で仲良く話していたが、やがてセリーヌがジャンヌを連れて少し離れた所でコソコソ話す。

「ジャンヌ、どういうつもりですの？　クリフ様と親しく話して」

「セリーヌ。あなたがクリフ様と婚約してるのは知っているわ。でもこの国は一夫多妻でしょ。私がクリフ様を狙っても問題ないでしょ。それにクリフ様の実力なら、これから側室だって増えていくわ」

「!?　それはわかっていますわ。でもジャンヌ、あなたもクリフ様を狙っていたなんて……」

「まだそこまで好きってわけじゃないわ。でも周りの男性の中でクリフ様が一番実力が抜け出ているわ。どこぞのよくわからない人と婚約させられるんなら自分で気に入った人を見つけたいのよ」

「ジャンヌの言っていることはわかるけど……」

「クリフ様って容姿もかっこいいしね」

「それはその通りだけど……」

「別にセリーヌから奪うってわけじゃないんだから、いいでしょ」

「わかったわ」

☆

セリーヌとジャンヌはコソコソと話している。

何を話してるんだろ……気になる。

二人が離れた所にいると、アリスとシェリーが近寄ってきた。

「クリフくんお疲れ～。一回戦勝利さすがだね」

「アリス、シェリー。まあね、一応優勝目指してるからね」

二人は仲が良くてだいたい一緒にいることが多い。アリスは気さくに話しかけてくるので、仲もそれなりに良かった。

「クリフくんなら優勝も簡単にできそうだね」

「そうでもないよ。ほら、次の試合のマッシュとかは優勝候補だと思うよ」

闘技場には次の組み合わせのマッシュとドランが準備していた。

「マッシュくんも強いもんね。クリフくんはマッシュくんとドランくんならマッシュくんが勝つって思ってるの？」

「そうだね。ドランはゴーレムを使ってくると思うけど、マッシュの方が実力は総合的に上だろうね。アリスとシェリーは『武』の序列戦なら誰が優勝すると思ってるの？」

「一番候補はクリフくんね。二番手がマッシュくんかな～。でもフィルちゃんとかの魔法もすごいから優勝候補かも」

「そうね。フィルの魔法は前に見たことあるけどすごかったわ」

「フィルって『精霊魔法』を使うんだよね」

「「そうよ」」

フィルか～。『精霊魔法』って見たことないからよくわからないけど、精霊を召喚するのかな？　ってことは精霊と戦う感じか？　それとも精霊の力を借りて魔法を使ってくるのかな？　二人にどんな魔法か聞きたいけど、ここで聞いたらフェアじゃないよな～。

僕はフィルについて聞きたかったが、ぐっとこらえた。

アリスとシェリーと話していると、セリーヌとジャンヌが戻ってきた。

「アリスさん、シェリーさん。楽しそうになんの話をしてるのかしら？」

「ジャンヌさん、今クリフくんと次の組み合わせでどっちが勝つか話してたんだよ」

アリスはクラスの中でみんなに好かれている。誰にでも話しかけるキャラが人気者になっているのだろう。

「あらっ、そろそろ次の対戦が始まるみたいね」

闘技場に目を向けるとマッシュとドランの準備が終わったのか、二人の対戦が始まった。

マッシュは伯爵家の長男で赤髪のイケメンだ。性格よし、顔よし、実力ありの英雄譚の主人公みたいなやつだ。対するドランは平民で『土魔法』を主に使う。『土魔法』でゴーレムを作って自在に操る。

「まあマッシュが勝つだろうな～。あいつはかなり強いからな」

「でもドランさんはゴーレム使いですよね。ゴーレムと二人がかりならマッシュさんも危ういんじゃ？？」

「そうだね。もしドランがゴーレムと一緒に戦えるんなら危ないかもね。ただ、ドランはゴーレムを召喚したらゴーレムに戦闘させて、ドラン自身はそんなに強くないからね。僕だったらゴーレムを召喚して一緒に戦うけど、ゴーレムも魔法を使わない肉弾戦だろうから、マッシュの方が圧倒的に有利だと思うよ」

セリーヌ、ジャンヌ、アリス、シェリーとともに観戦していると、ちょうどドランがゴーレムを召喚していた。召喚と言っても『土魔法』で作るのだが……現れたのはドランの三倍ほどの高さのあるゴーレムだった。

「ゴーレム、おっきいね」

「ゴーレムにも色々種類があるからね。大きいゴーレムとか小さくてすばやいゴーレムとか。作る時の魔力の込め方で変わるんだ。ドランはゴーレムを作るのには慣れてるだろうから、僕が作ったゴーレムと戦ったら多分僕が負けると思う」

「クリフくんでも負けるの？」

「ああ、僕はあまり『土魔法』を使わないからね。『土魔法』を主に使ってるドランの方がゴーレムの扱いはうまいと思うよ」

ゴーレムを作ったドランは、自身は遠くに離れてゴーレムをマッシュに向かわせた。

マッシュは術者のドランを狙わずにゴーレムと戦うようだ。

「マッシュくんはドランくんを狙わないんだね」

「そうだね。あいつって紳士だからな。ゴーレム使いと戦う時は術者を狙うのが常套《じょうとう》手段だけど、マッシュは普通にゴーレムと戦いたいんだろう。まあゴーレムと戦っても倒せる自信があるんだろうし」

ゴーレムの攻撃を時にはかわし、時には剣で防ぐマッシュ。互角の勝負をしているように見えたが、マッシュの剣がゴーレムの腕を切り落とした。

「お～。さすがマッシュだな。あれじゃゴーレムはもう戦えないだろうな」

ゴーレムの腕が切り落とされるとドランが降参した。マッシュが二回戦に勝ち進んだ。

「マッシュくん、強かったね」

「そうだな。さすがマッシュって感じだな。あいつと当たるのが楽しみだよ」

「マッシュ様と戦っても必ずクリフ様が勝ちますわ」

「ありがとう、セリーヌ。もちろん負けるつもりはないよ。僕だって日々鍛錬してるからね」

対戦を終えたマッシュがこちらに向かってきた。

「マッシュ、おめでとう。順調だね」

「ああ、当然だな。クリフと当たるまで負けるわけにはいかねぇからな。それにクリフ以外には負けたくないしな」

「「マッシュ様、おめでとうございます」」

「「マッシュくん、おめでとう」」

クラスの女性からの声援が多かったマッシュは、観客席の女性陣からの歓声も多かった。さすがイケメンである。

マッシュが合流して次の対戦を待っていると、対戦者が闘技場に現れた。次の対戦はフレイとフィルである。

フレイは侯爵家の令嬢で北の魔女と呼ばれている。貴族っぽくなく、綺麗というよりはかわいらしい印象だ。魔法研究会で一緒に魔法の研究をし始めてから、僕のことを師匠と呼んでいる。

対するフィルは『精霊魔法』を使うエルフの女性だ。

「クリフくん。師匠としてフレイさんはどうなの？」

アリスが問いかける。フレイは教室でも僕のことを師匠と呼んでいるので全員が知っていることである。

「ああ、フレイの『火魔法』は強力だよ。でもフィルの『精霊魔法』って正直あまり知らないんだよな～。マッシュはフィルについて知ってるか？」

「俺もあまり詳しくは知らないな。だが『精霊魔法』だろ？　自然の力を利用する魔法だと聞いたことはあるな」

フレイのことはよく知ってるけど、フィルのことはよく知らないな。フレイと魔法の話を教室でしているとセリーヌが睨んでくるんだよな～。……ってそんなことは今はどうでもいいか。フレイの青い『ファイヤーボール』は強力だ。大抵の相手であればあの魔法を使えば勝てると思う。だが、フィルの『精霊魔法』が曲者《くせもの》だな。自然の力を利用する？

「自然の力を利用するってどんな感じなんだ？　『火』とか『水』とか使うのかな？　『水』を使うならフレイとは相性が悪いな」

「たしかにな」

『風』の精霊シルフとか『水』の精霊ウンディーネとか『火』の精霊イフリートとか『土』の精霊ノームとかを召喚して一緒に戦うんじゃないんだな。その辺りの精霊が力を貸してくれるって感じかな……『精霊魔法』って精霊の力を借りる分、通常の魔法より強いイメージがあるんだよな～……。フレイがんばれ。

僕は心の中で弟子であるフレイにエールを送った。初めは「師匠師匠」と呼ばれることが嫌だったが、真面目でかわいらしいフレイとの魔法の研究は楽しく、僕は師匠であることを受け入れていた。そんな弟子の初戦が始まろうとしている。

始まると同時に、フレイは青い『ファイヤーボール』を放った。

「おっ早速使ったな。青い『ファイヤーボール』」

「あの青い『ファイヤーボール』は入学試験でクリフ様が使っていた魔法ですね。あれって普通の『ファイヤーボール』と違うんですか?」

「うん。火ってね、温度が上がると青くなるんだ。だから普通の赤い『ファイヤーボール』で燃やせないモノがあの青い『ファイヤーボール』だと燃やせるんだ。単純に言うと威力が上がってるってこと」

『ファイヤーボール』がフィルに向かっていく。フィルは水の壁を出して『ファイヤーボール』を相殺した。

「フィルさんに止められましたね」

「やっぱり『水魔法』を使ってきたね。『水魔法』は火に相性がいいからフレイにはちょっときついかもね」

フレイの『ファイヤーボール』を防いだフィルはそのまま詠唱し、『ウォーターボール』をフレイに向かって放つ。

「あれは『ウォーターボール』だね。『精霊魔法』も普通の魔法と種類は変わらないのかな？？」

フレイは『ファイヤーウォール』を唱え、先ほどのお返しとばかりにフィルの『ウォーターボール』を相殺した。ただフィルはわかっていたのか、何度も『ウォーターボール』を連発してフレイの『ファイヤーボール』を崩した。フレイは必死に避けようとしたが何発かはもらってしまっていた。

フィルがこの機会を逃すまいと今度は『風魔法』を使う。『エアカッター』だ。

「おっ、あれは『風魔法』か。やはりエルフって『風魔法』が得意なのか？？」

「エルフは森で生活してるからな。『精霊魔法』、特に『風魔法』と弓は基本的に得意な人が多いぞ」

マッシュがエルフの特性を説明してくれた。

でも、『精霊魔法』ってよくわからないな。普通の魔法を使ってるようにしか見えないぞ。精霊が力を貸してくれるからＭＰの消費が少ないとか？　目に見えないけど攻撃してるのは実は精霊、とかなのかな？？

僕の疑問をよそにフィルは魔法を連続で放つ。フレイは防御が追いつかなくなり必死に回避するが、元は後衛の魔法使いだ。回避がうまいわけではない。たまらずに最後は降参した。

三組目の対戦はフィルの勝利で終わった。

「フレイさん、負けちゃったね」

「そうだな。相性もあるが魔法使いって遠距離の撃ち合いは得意だけど、数が多い攻撃に対する防御は苦手なんだ。遠くから魔法で攻撃したり援護したりするのがほとんどだからね。フレイもその辺を磨けばもっと強くなると思うよ。でもフレイは強くなるより『火魔法』をメインに魔法を色々研究したいだけかもしれないけどね」

フレイは侯爵家の令嬢だ。強さはあまり求められない。フレイ自身も、強さを求めるよりも魔法がおもしろくて日々勉強しているような感じだった。


三組目の対戦が終わり、フレイとフィルが仲良く観客席にやってきた。

「師匠～負けちゃったよ～。フィル強かった～」

「ああ、残念だったな。でもフィルとの相性もあっただろ？」

するとフィルが言った。

「たしかにそう。私は精霊の力を借りて『火』と『水』と『風』の『精霊魔法』が使える。今回は運がよかった」

「精霊の力を借りる？　フィルの『精霊魔法』って精霊が魔法を使ってるの？」

「そう。契約者にしか姿は見えない。今回も『風』の精霊と『水』の精霊が手伝ってくれた」

なるほど、契約者にしか姿は見えないのか。じゃあフィルは『火』と『水』と『風』の三体の精霊と契約してるってことか。

「なるほど。じゃあフィル自身は何してるんだ？」

「指示してる。あとフォローしてる。私も『風魔法』と弓は使える。一緒に戦うこともある」

「そうなんだ⁉　じゃあフィルと当たったら気をつけないとな。四対一ってことだろ？？」

「そうなる」

フレイを慰め、フィルの強さを知った僕は、セリーヌやマッシュたちとともに次の対戦に目を向けた。次の対戦はルイン対マロンだ。

「次はルイン対マロンだな。今回の対戦はマッシュに聞いた方がわかりやすいな。どうだマッシュ？」

ルインは男爵家の人間で北の剣聖と呼ばれていて、最近ではマッシュと一緒に剣の訓練をしていることが多い。マロンも男爵家の人間でマッシュの取り巻きの一人だ。

「そうだな。剣なら圧倒的にルインが勝つ。ただ、マロンは剣も魔法も使う。その辺りがどうなるかって感じだな。ルインも魔法は苦手ではないがマロンの方が上だろうな」

「なるほど、マロンは剣も魔法も使うから僕も参考にしようかな。ルインの剣術はどうなの？マッシュより強いの？」

「勝ったり負けたりだな。あいつは北の剣聖と呼ばれているからな。その名に恥じないぐらい剣の扱いはうまいな」

「マロンは魔法も器用に使うけど、どれもこれも平均的な強さって感じだよね？」

「そうだな。『火』とか『風』に特化してないから器用貧乏って感じだな。剣も魔法も無難にどれも平均的にうまいって感じだ」

「じゃあ、うまくはまればマロンが勝つ可能性もあるわけだね？」

「そういうことだ」

次の対戦カードについて話していると、ルインとマロンが闘技場に現れて準備を始めた。どちらもマッシュを通して仲が良いので普通に話しながら準備している。

準備を終えたルインとマロンの四組目の戦闘が始まった。

戦闘が始まると同時にマロンは『ファイヤーボール』を放つ。ルインは落ち着いて剣で『ファイヤボール』を切り裂いた。

「ルインくん、『ファイヤーボール』を剣で切ったよ」

「ああ、落ち着いてるな」

マロンはルインに近づかないように遠距離で魔法を連発していく。ルインは冷静に剣で魔法を切ったりかわしたりしながら、マロンとの距離を詰めていく。距離を詰められたマロンも剣を抜き、次第に剣での攻防になっていった。

「やっぱり剣ならルインの方が押してるね」

「そうだな。ルインは大剣を使ってるがうまく扱えてるよ」

「マロンも片手剣でがんばってるけど、武器自体の性能の差も大きいね」

ルインは大剣を巧みに振り回してマロンを攻撃する。マロンも片手剣で防御していくが、大剣の重さに苦労しているようだ。マロンは剣での勝負では勝てないと思ったのか、すばやく距離を取った。そしてすかさず『エアハンマー』をルインに放った。ルインは『エアハンマー』の気配を感じ取ったのか後ろに下がってかわした。

「あれって『エアハンマー』だよね。マロンって『風魔法』も使えたんだ？」

「ああ、あいつはけっこう器用だからな。上級魔法は使えないが、初級魔法は練習して一通り使えるって言ってたぜ」

「ルインもすごいね。『エアハンマー』って見えないから避けるのってなかなかできないよね？」

「風の流れを感じて違和感を見つければ避けられるよ」

『エアハンマー』を避けたルインは、再度マロンとの距離を詰めた。マロンは剣で防御しながら魔法を放つタイミングを計っていたが、ルインの大剣に押し負けて剣を弾かれてしまった。尻餅をついて倒れたマロンに剣を突き付けるルイン。マロンが降参して、戦闘はルインの勝利となった。

「順調にルインが勝ったな」

「そうだね。あの大剣はちょっと脅威だな。僕も片手剣だからうまく防御できるかわからないな。

うまく軌道をそらせるようにしないと手がもたないかも」

「クリフの場合は距離を取らなくても魔法が使えるから問題ないと思うけどな」

たしかに！　『無詠唱魔法』もこういうところで役に立つな。

戦闘を終えたマロンがマッシュの所にやってきた。

「お疲れ、マロン。ルインは強かったか？」

「そうですね。あの大剣はちょっとさばけそうにないですよ」

「だろうな。俺もあいつと模擬戦とかするけど、大剣を受けると手にずしっ！　って来るからな」

「マロン、お疲れ。残念だったね」

「クリフくん。がんばったんだけどね。魔法を使ったらもっといい勝負ができると思ってけど、剣で切られたからね」

「マッシュと話してたんだけど、『無詠唱』ならゼロ距離でも魔法が使えるから、そうなったらマロンが勝てたんじゃないかって」

「『無詠唱』か……たしかにそうだね。クリフくん、今度『無詠唱』教えてよ。でも僕にできるかな？」

「マロンならできるよ。魔法も剣も両方できるんだ。マロンってかなり器用な方だと思うよ」

「ありがとう。がんばってみるよ」

『武』の序列戦も次が一回戦の五組目で最終だ。闘技場には準備のために、ソロンとマークがいた。

「次はマークの番だね。セリーヌ、マークは勝てそうかい？」

「そうですね。先ほどルインさんがマロンさんに勝ったような感じならマークも勝ってくれると思うんですが……ソロンさんは魔法が得意で賢者と呼ばれてますし……」

「ソロンくんは『無詠唱』で魔法が使えるからマークくんは厳しいかもしれないね。僕はソロンくんと仲が良いから割と話したりするけど、魔法に関してはけっこうすごいよ」

先ほど戦ったマロンがソロンの情報を教えてくれる。

「そうなんだ。たしかにソロンって『無詠唱』の授業をした時に一番初めに成功していたな」

僕は魔法研究会で『無詠唱』の研究をしながら、校長に頼まれ、臨時講師として『無詠唱』の授業を希望者に行っていた。そこにソロンも参加していた。しかしあまりしゃべらないソロンとはほとんど交流がなかった。

「じゃあ、マークがルインみたいに距離を詰めても逆に危ないな。近距離で魔法使われたら避けきれないしな。マークもルイン並みに剣が使えるんだろ？」

「そうだね。時々、僕もマークと剣の訓練するけど、けっこうすばやい印象かな。大剣じゃなくて片手剣だから数で押すタイプなのかな」

「まあ俺としてはマークに勝ち上がってほしいな。正直、魔法職との戦闘より剣術同士の戦闘の方が楽しいからな」

「まあマッシュはそうだろうね。でも魔法職同士の戦闘も楽しいよ。相性とか気にしながら魔法を撃ち合うのは楽しいし」

次の対戦の勝敗を予想しながら話していると、ソロンとマークの準備が終わったのか、一回戦五組目の戦闘が始まろうとしていた。


ソロンとマークの対戦が始まった。どちらも攻撃を仕掛けずに、お互いが距離を取っていた。

「なかなか動かないね。どうしたんだろ？」

「お互いに相手の動きを警戒してるんだろうね。例えばマークが剣でソロンに向かっていくと、タイミングを合わせて魔法を当てられるかもしれない。逆にソロンは先に魔法を使うと、さっきのルインみたいに魔法を避けて距離を詰められるかもしれないって感じじゃないのかな？」

お互い睨み合っているが、どちらかが動かないと勝負はつかない。

初めに動いたのはソロンだった。両手から『ウォーターボール』を出してマークに放った。マークは片方を剣で防いで、片方は回避した。その後、マークはソロンとの距離を詰めようとしたがソロンはその場にいなかった。ソロンは身体に『風魔法』をまとい、自分の速度を上げていた。

「おい、ソロンのやつ『風魔法』を自分にまとってるぞ」

「あれは『風』属性の『身体強化魔法』だね。『風』の魔力を身体にまとわせる感じで発動すると使うことができて、『風』属性は速さが上がるんだよね。さすが賢者と呼ばれるだけのことはあるね。あれで動いたらマークでも捕まえるのは苦労するだろうね」

「じゃあ、マークよりソロンさんの方が優勢なんですか？」

「今のところはね。ただ、ずっと『風魔法』をまとってると消費も激しいから、ソロンが魔力切れになったらマークが優勢だね。どこまでマークが耐えられるかなって感じかな」

マークもその点はわかっているのか、ソロンに近づこうとしている。ソロンはマークを近づけさせないように魔法を放っては距離を取った。

勝負が長引くかも、と思った瞬間だった。ソロンに向かっていくマークが足を地面に引っかけた。よく見るとマークの足元の土が不自然に盛り上がっている。

「あれはソロンの『土魔法』だな。これはソロンにうまくやられたな。『水魔法』と『風魔法』で注意をそらして、いざという時に『土魔法』か。体勢が崩れればマークは魔法を避けきれないだろうな……」

ソロンは『土魔法』の使い方がうまいな。たしかに『無詠唱』なら、相手に気づかれることなく魔法を発動できる。ソロンは土を盛り上げてマークの体勢を崩したけど、落とし穴とか作ったら気づかずに落とすこともできるな。僕も使ってみよう。

マッシュの指摘通り、体勢を崩したマークにソロンの魔法が直撃した。魔法が直撃したマークは膝をつき、これ以上戦えないと降参した。

ソロン対マークの試合はソロンの勝利で終わった。これで一回戦は全て終了した。

「いや〜みんな強かったね。マッシュにフィルにルインにソロンか〜。次、誰と戦っても気を抜いたら僕もやばいな」

「何言ってんだ⁉　クリフが一番やばいだろうが‼　俺はクリフとフィルとソロンとはまだやりたくないな。魔法職と戦うのは苦手だ」

「クリフ様は誰と当たっても大丈夫ですよ。きっと勝てます」

「セリーヌ、ありがとう」

「これで今日の『武』の序列戦は終わります。明日は二回戦を行います。もちろん負けた方も最終的な序列を決めるので戦闘はあります。今日の疲れを明日に残さないようにしてくださいね。じゃあ今日はここまでとします」

フローラ先生が初日の『武』の序列戦の終了を告げたので、今日の授業は終わった。

明日に備えて訓練をする生徒もいたが、僕は早めに休むことにしたので学生寮に帰った。

よし、明日は二回戦だな。誰が来ても全力を尽くすぞ。目指せ序列一位だ。

☆

一方その頃、魔国では――

パインに腕を切られた魔族が戻ってきていた。

「くそ‼　あの勇者覚えてろよ。今に見てろよ」

「おい、腕はどうしたんだ⁉」

「帝国の勇者にやられた。帝国を今攻めるのはやばそうだ。攻めるのは王国の方がいいかもしれん」

「勇者か……お前、勇者に腕を切られてよく帰ってこられたな？」

「ああ。勇者に帝国じゃなく王国を攻めるんなら見逃してやるって言われてな」

「それで帰ってきたのか？　勇者は王国に恨みでもあるのか？」

「さあな。でも俺もやばかったから話に乗って帰ってきたってところだ」

「お前がやられるってことは勇者は相当強そうだな。しかし魔族に王国を攻めさせようとするのか……もしかしたら勇者は使えるかもしれないな……」

「どういうことだ？」

「いや。こっちの話だ。それより王国は今すぐにでも攻められるのか？」

「ああ。魔物は転移魔法陣ですぐにでも送れるからな」

「わかった。では先に王都を攻めるか。指揮する者がいないと魔物もうまく進まないからな。俺とお前で南と北に分かれて王都まで魔物を引き連れていくことにしよう」

「わかった。腕を治すから一週間後に出発でどうだ？」

「よしそれでいこう。とりあえず魔物は徐々に王国に『転移』させていくことにしよう」

王国を攻めることを決めた魔族の二人は、一週間後をめどに魔物を向かわせることを決めた。

――――魔族の襲来の時は近い!!

☆

『武』の序列戦は三日間続き、優勝者は予想通り僕となった。

二回戦は五人のため、一人は不戦勝だった。フローラ先生に言われ、二回戦に進んだ五人は順にくじを引いた。その結果、

マッシュ・ステイン VS ルイン・ミッドガル
フィル VS ソロン・マーリン
クリフ・ボールド……不戦勝

となった。

ちなみにこの二回戦ではマッシュとフィルがそれぞれ三回戦へコマを進めた。

三回戦は僕対フィルとなり、マッシュは不戦勝だった。

フィルとの対戦は魔法を使った戦いとなった。僕は『火魔法』、『水魔法』、『風魔法』、『土魔法』を巧みに使ったが、予想通り、フィルは『風魔法』を使いながら同時に『火』と『水』と『風』の精霊を使い、魔法が飛び交った。勝敗はフィルの魔力切れで幕を閉じた。しょっぱなから魔法を撃ちまくったことでフィルの魔力はみるみるうちに減少していき、最後は魔法が発動しなくなったのだ。

決勝戦は僕対マッシュだった。

どちらも剣を使って戦った。マッシュは少しは魔法が使えるが魔法を混ぜるよりも剣術のみで戦った方が強いのか、魔法は使わなかった。僕も魔法なしでマッシュと剣を重ねていたが、剣術のみをずっと訓練しているマッシュに対しては分が悪かった。

このままでは負けると思った僕は『風魔法』を使ってマッシュの気をそらし、最後は僕の剣がマッシュの剣を弾き飛ばした。

終わってみれば僕の圧勝のように見えたが、僕自身は全く納得していなかった。

は～なんとか序列一位になれたな。Sクラスってやっぱりレベル高いな。勇者と引き分けて僕ってけっこう強いって思ってたけど、まだまだだな。もっともっと努力しなくちゃ。

「クリフ様、おめでとうございます。絶対優勝すると思ってましたわ」

「セリーヌ、ありがとう。マッシュは強かったから最後は魔法使っちゃったけどね。できれば魔法なしでマッシュに勝ちたかったな」
「クリフ様、それは高望みしすぎですよ。マッシュ様だって十分強いんですから」
「たしかにね。僕も魔法と剣を両方うまく使えるようにもっと練習が必要だと感じたよ」

最終的な『武』の序列戦の順位は次になった。

1位　クリフ・ボールド
2位　マッシュ・ステイン
3位　フィル
4位　ソロン・マーリン
5位　ルイン・ミッドガル
6位　フレイ・ファイン
7位　マーク・ハーマン
8位　マロン・メビウス
9位　ドラン
10位　タフマン・サッカー

ドランとタフマンはAクラスの上位二人と模擬戦を行い、負ければAクラスに落ちてしまう。

「今回の序列戦で力が出せなかった人も納得いかない人もいるでしょう。今後も序列戦はありますので、みんな気を抜かないでください。気を抜くとすぐに順位が下がってしまいますよ」

「クリフ、次は負けないぞ。俺も剣を磨きながら魔法も鍛錬していく。クリフに勝つにはある程度の魔法を使えないとな。今度、魔法研究会に俺も参加するぞ。クリフ、魔法教えてくれよな」

「いいよ。マッシュが魔法を覚えてさらに強くなるのは大歓迎だよ。僕も負けないよ」

さすがマッシュ。イケメン主人公だ。魔法もすぐに覚えそうだな。

「クリフくん。私にも魔法を教えてほしい。私も魔力切れにならなかったらもっともっと戦える。精霊使いとして魔法では誰にも負けたくない」

「いいよ。じゃあ僕にも『精霊魔法』教えてよね」

「わかった」

Sクラスのメンバーはみんな向上心がある。ライバルだからといって自分の技術を教えないようなせこい考えの持ち主はいない。Sクラスともなると、実力とともに考え方も一流の生徒が多いようだ。

「クリフくん。僕とも模擬戦をしてくれないかい。Aクラスの人に負けてクラス落ちしたくないんだ」

「わかったよ。タフマン。僕もタフマンに剣術を習いたかったから一緒に訓練しようよ」

「僕も『土魔法』をもっとうまく使いたいんだ。ゴーレムについて相談させてよ」

「もちろんだよ。ドランのゴーレムをもっともっと強くしようよ」

Sクラスの序列戦が終わり、明日からもがんばろうと心に決めた。

第37話　ワイバーン討伐に向かう……三人⁉

翌日。早速、僕はギルドへ足を運んだ。

「エリーさん、久しぶりです。なんかおもしろい依頼とかってないですか？　最近依頼を受けてないのでおもしろい依頼があれば受けたいんですが？？」

「あらっ、クリフくん久しぶり。あっ、序列戦一位だったんだってね。おめでとう～」

「エリーさん⁉　もう知ってるんですか？　さすが情報が早いですね」

「フィルから聞いたのよ」

「フィルを知ってるんですか？」

「もちろん。同じエルフだしね。色々相談に乗ってるのよ」

「フィルも強かったですよ」

「そうね。あの子の『精霊魔法』はエルフの中でも上位に入ると思うわよ」

「そうなんですね」

「ああ、依頼に関してだったわね。クリフくんはBランクだから色々あるけど、そうね～。あっ、そういえば、北の森でワイバーンを見たって目撃情報があるの。放置すると王都を襲ってくるかもしれないから討伐することになってるんだけど、受けてみる？」

「ワイバーンですか？」

「ええ、目撃情報は一体だけだけど、何体もいるかもしれないわ。一体ならBランク相当だけど、何体もいると危険度がAランクになるから早めに対処したいのよ」

ワイバーンか。素材もよさそうだし受けてみるか。

「わかりました。その依頼、受けさせてください。場所は北の森に行けばわかりますか？」

「ええ、北の森で見たって情報だけだからどこにいるか詳しいことはわかってないのよね。その辺の調査も兼ねてるの。お願いね」

「わかりました」

ワイバーン討伐の依頼を受けた僕は、北の森へと向かうことにした。


ギルドを出て北の森に向かうために王都を歩いていると、後ろから声をかけられた。

「師匠～。何してるんですか～？」

振り向くとそこにはフレイとフィルがいた。

「フレイ。……とフィルじゃん。僕？　今さっきギルドの依頼を受けたから北の森に行くところだよ。二人は何してるの？　ていうか仲良かったんだね？」

「序列戦の後から仲良くなったんだよ。今日も一緒にお買い物に行こうってなって一緒にいるんだよ。ギルドの依頼って、北の森に何かあるの？」

「ああ、なんかワイバーンが出たみたいで、その討伐と調査の依頼を受けたんだ」

「「ワイバーン!?」」

「師匠、ワイバーンって脅威度Aランクぐらいあるんじゃなかった？」

「ギルドの人は脅威度Bランクって言ってたよ。それに僕の冒険者ランクもBだからね」

「えっ……師匠ってBランク冒険者なの？」

「そうだよ。あれ？　言ってなかったっけ？」

「初めて聞いたよ」

「フレイ。クリフについていこう。ワイバーンだったらいい魔法の練習になる」

「フィル〜。でもワイバーンだよ？　怖くないの？」

「森は私の庭。エルフは森の民とも呼ばれてる。それにクリフもいるから大丈夫……だと思う」

「師匠。私たちもワイバーンの討伐についていってもいい？」

「えっ来るの？？」

う〜ん。フレイとフィルがついてくる……どうしようっかな〜。今までスイムと二人での行動ばっかりだったから、パーティーを組んだりしたことないんだよな〜。フレイとフィルの実力が高いのはわかってるから問題はないかもしれないけど……。

僕は考えていた。ハーレムのために二人とパーティーを組んでワイバーンを討伐しようという悪魔の声と、危険があった時に守れるかどうかわからないから今回は遠慮してもらえという天使の声。

その間でしばらく考えていたが――

「大丈夫。私はエルフ。森なら問題ない」

フィルの一声で僕の意思は決まった。

「わかった。いいよ。でも僕はいつもソロでギルドの依頼を受けてたから、パーティーを組んだことがないんだ。その辺のことがよくわからないから迷惑かけるかもしれないけど、それでもいい？」

「ありがとう、師匠〜」

「クリフ、ありがとう」

「師匠っていつもソロでギルドの依頼を受けてるの？　パーティーとか組まないの？」

「組みたいんだけどね。今は学生だろ？　学校もあるし、きっとパーティー組んでも時間が合わないんだよね。それにソロって言っても一人じゃないんだ。ほら」

僕はポケットからスイムを出してフレイとフィルに見せた。

「スイムって言うんだけど、僕の従魔のスライムなんだ。いつもこいつと一緒に依頼を受けてるんだ。スライムだけどけっこう強いよ」

「ピキー、ピキピキ」

スイムは身体から手のようなモノを伸ばし、敬礼するように挨拶した。

「敬礼してる⁉　かわいい〜。スイム、よろしくね」

「ピキッ」

「スイムって賢いんだね。でもスライムでしょ？」

「もう長いこと一緒にいるんだ。スライムだけど種族はスライムエンペラーだからかな？　それに知力も高いからね」

☆

北の森に着いた三人と一匹は周囲を見渡していた。

「さて。ワイバーンがどこにいるかは全然わからないんだ。北の森でワイバーンを見たって情報しかないからね。フィルって森は得意って言ってたけど何かわかる？」

「得意って言っても森の全てがわかるわけじゃないから、今はわからない。ただ、今日は森がすごくざわついている」

「ざわついてる？」

「そう。何か起こってるのかもしれないし、これから何かが起きるのかもしれない」

僕は『探査』の魔法を発動させて森の様子を窺《うかが》った。

「今、森全体を『探査』してみたんだけど、なんかあちこちに魔物がいる気がする。普段の森の状態はわからないけど、こんなに魔物がいるものなのかな？？」

「私にもわからない」

「そうだな。ちょっと調べてみるか」

「わかったよ。私も師匠に協力するね」

「フレイ。ありがとう。でも森の中だから『火魔法』を使う時は気をつけてくれよ」

「大丈夫だよ。師匠に教わって威力の調整もできるようになったからね」

僕たちは森に異常が出ているのか調べるために魔物の元に向かった。

ゴブリンやオーク、ウルフなどは森によくいる魔物なのでおかしくないが、この森には普段いないような魔物もいた。

「やっぱりちょっとおかしいね。スケルトンとかバジリスクみたいな魔物もいるよ」

「たしかに森にスケルトンが出るなんて異常事態」

「師匠～。森ってこんなに魔物がいるもんなの～？」

「フレイ。いや多分だけど、何か問題が起こってるんだと思うよ。ワイバーンが見つかったことと何か関係があるかも。とりあえずワイバーンを探してみようか」

僕は引き続き『探査』をしてワイバーンを探した。『探査』では魔物の種類まではわからないので、『気配察知』も並行していった。すると――

「いた。ひときわ強そうな気配がする。多分ワイバーンだ。同じような気配が三つあるから、もしかしたらワイバーンは三体いるかもしれないな」

「「三体!?」」

「ああ、警戒しながら進もう」

僕たちはワイバーンの気配がする方へ進んでいった。


気配が近づいてくると、やはりワイバーンが三体、森を抜けた砦のような荒れた高地にいた。

「やっぱりワイバーンだね。ギルドの目撃情報は正しかったね」

「でも普通にワイバーンがいるだけだよ。森がおかしいのと関係があるのかな?」

「今はまだなんとも言えないね。ただ、ここでワイバーンを討伐しておかないと、王都に来たら大混乱になるのは間違いないね」

「ん。ワイバーンを倒す」

「それよりも二体は緑色してるけど奥にいるのは赤いね。何か違うのかな??」

「色が違うだけじゃないの?」

「私もわからない」

ワイバーンは三体いたが、一体予想していなかった赤色のワイバーンがいたので『鑑定』した。

【種族】ワイバーン
【レベル】40

【種族】レッドワイバーン
【レベル】50

これはなかなか強いな。僕ならどちらも討伐できそうだけど、フレイとフィルの能力を見る限りではちょっと厳しいな。二人には遠くからサポートしてもらって僕が近づいて倒すか。

「二人とも。赤い方はレッドワイバーンっていうみたいだ。ワイバーンより強いよ。ワイバーンがレベル40でレッドワイバーンがレベル50だ。二人にはちょっと荷が重いと思うから援護してくれるかな？　僕が三体とも倒すから」

「師匠!?　なんでワイバーンの強さがわかるの？　もしかして『鑑定』!?」

あっ……『鑑定』が使えることは隠してたんだった。まあいっか。そのうちバレることだったし。

「まあそんなところかな。それよりも二人にはサポートをお願いしたいんだけど、いいかな？」

「サポートって何をすればいい？」

「向こうはまだ僕たちに気がついていない。だから先にレッドワイバーンを倒したい。戦っている間ワイバーンが向かってくると面倒だから、ワイバーンを引きつけておいてほしい。引きつけるって言っても、遠くから魔法を使ってワイバーンの気をそらしてくれればいい」

「わかった。それぐらいならなんとかなる」

「私も!! ここなら森が焼ける心配もないから『火魔法』も使い放題だし」

「よし、じゃあ僕の合図でフレイとフィルはそれぞれワイバーンに最大の魔法を放ってくれ。その間に僕はレッドワイバーンに向かっていく。魔法を放った後は距離を取って魔法を撃ちながらワイバーンの気をそらしてくれ」

「「わかった」」

「よし、じゃあゴー!」

僕の号令とともにフレイとフィルはワイバーンに魔法を放った。フレイは『フレイムボム』を、フィルは『ウインドストーム』を、それぞれ放った。両方とも威力が大きく、それぞれワイバーンに直撃した。その間に僕はレッドワイバーンに向かった。

よし、フレイもフィルもうまくやってくれたな。さて、レッドワイバーンはどれぐらいの強さかな。

僕は神剣デュランダルを出してレッドワイバーンに突撃する。気づいたらいつの間にか目の前にいた僕にレッドワイバーンは対応が追いつかず、空を飛ぶ間もなく翼を切り落とされた。

よし、翼さえ切っとけば大丈夫だろ。ワイバーンは空飛ぶトカゲってよく聞くもんな。

飛べなくなったレッドワイバーンは僕に向かって『ブレス』を吐こうとしたが、吐く前に僕はレッドワイバーンの後ろに『転移』して首をはねた。

デュランダルの性能もさすがだな。竜って皮膚が硬いイメージだけど難なく切れたし。竜って言ってもワイバーンは竜種には入らないんだっけ？　その辺りの知識はあいまいだな……。

首を切られたレッドワイバーンはその場に倒れた。

さて、残りのワイバーンはどうなってるかな？

二体のワイバーンに目を向けると、一体が僕目がけて向かってきた。

おっ、こっちに気づいたか。でも僕の敵じゃないな。

僕は向かってきたワイバーン目がけて『ライトニング』の魔法を放った。

頭上からの電撃が直撃したワイバーンはそのまま地上に落ちていった。

もう一体を見てみるとフレイの方に向かっている。

やばっ、危ない！

急いでフレイの元に駆け寄ったが——

「させない」

フィルが『風魔法』を使ってワイバーンを攻撃した。『ウインドカッター』がワイバーンの翼に直撃し、片方の翼が切り落とされた。

「フィル⁉」

　翼が片方だけになったワイバーンはバランスを崩し、フレイの元に向かわずにそのまま高度を落としていった。

「フレイ、今がチャンス」

「ありがとう。『ファイヤーボール』『ファイヤーボール』『ファイヤーボール』‼」

　速度が落ちたワイバーンにフレイが特大の青い『ファイヤーボール』を三連発で放った。

　片方の翼しかないワイバーンに避けることなどできるわけもなく、青い『ファイヤーボール』が直撃するとそのまま地面に落下していった。

「やった‼　ワイバーンを倒せたよ」

「うん。さすがフレイ」

「フィルもね」

「二人とも～。ワイバーンを倒すなんてすごいじゃん」

「師匠～。フィルが翼を落としてくれて落ち着いて魔法を使えたからかな」

「フレイの『火魔法』もすごかった」

「とりあえず、ワイバーンは持って帰ってギルドに報告するね」

　僕はワイバーンとレッドワイバーンを『アイテムボックス』にしまった。

「師匠って『アイテムボックス』のスキルも持ってるの？　もうなんて言っていいか……すごすぎ

ない？？」

「クリフは規格外」

ははっ。もうどうにでもなれって感じだな。ってあれ？　急に魔物の反応が現れたぞ……これってもしかして。

「二人とも、あっちの方向でいきなり魔物の反応が出たんだ。不自然だからちょっと見てこようと思うんだけど」

「一緒に行くわ」

「当然」

第38話　魔族との遭遇⁉

ワイバーンを倒した僕たちは、『探査』に急に引っかかった魔物の存在を確かめるために森の奥へと向かった。

「もうすぐだから油断しないでね」

「「うん」」

それにしても急に魔物が現れるってどういうことだ？　やっぱりどこかから魔物が『転移』して

きた？　ぐらいしか考えられないよな？？　それだとスケルトンとか普段はいないような魔物が森にいたのも理解できるし。

現れる魔物を倒しながらポイントへと向かうと、大きな魔法陣が地面に書かれていた。

「ストップ。多分あれだよ」

「あれは……魔法陣ですか？」

「ああ。多分だけど転移魔法陣じゃないかな？？　あれで魔物がここに『転移』してきたんだと思う」

「転移魔法陣で魔物が『転移』してきた？？　どういうこと？」

「調べてみないとわからないけど、森がおかしかったじゃん。それってきっと別の所からここに『転移』してきたからだと思う。なんでそんなことになってるのかはわからないけど、やばそうな感じしかしないよな」

「たしかに」

僕はフレイとフィルをその場で待機させて、一人で転移魔法陣を調べることにした。

「二人はここで待機しててくれ。すぐに戻ってくるから」

ちょっと転移魔法陣を使って、どこから魔物が来てるのか調べてみるか。『転移』を使えば魔法陣を破壊されたとしてもここに戻ってこられるし。僕の予想……っていうかテンプレだったら、百パーセントの確率で魔国から魔族が裏で手を引いてるってパターンだよな。

僕は転移魔法陣に近づいて魔法陣を調べた後、それに乗った。

『転移』した先は薄暗い森の中だった。周囲にはたくさんの魔物がいた。

ここが魔国か？？　場所がよくわからないけど魔物が多いな……とりあえず、ここの魔物は倒しておこう。

僕は剣を使って周りの魔物を一網打尽にした。

魔法を使えば楽だけど、ここが魔国だったら魔族にはバレたくないしな。まあ剣でも倒せるから周辺のやつらだけでも倒しておこう。

見える範囲の魔物を全て倒し、『飛行魔法』で空を飛んで辺りを確認した。

う〜ん。ここがどこかはわからないけど、多分魔国なんだろうな……。どこかの城の地下とかじゃないってことがわかっただけでもよかったか。他の国が仕掛けてきてる可能性もあったもんな。

とりあえず戻って二人に報告だな。

僕は再度転移魔法陣を使って王国の北の森に戻った。

すると目の前には、血だらけになって倒れているフレイとフィルがいた。

☆

クリフが転移魔法陣を使って別の場所に移動した頃――

「フィル。師匠、魔法陣に乗って消えちゃったよ」

「多分どこから魔物が来たのか調べに行ったんだと思う。大丈夫、クリフは強い」

「そうだね。戻ってくるまで待ってよう」

「それがいい」

フレイとフィルが転移魔法陣が見える所で待機していると、転移魔法陣のそばに頭に角が生えた翼のある人型のモノが現れた。

「フィル。あれってなんだろ？」

「⁉　フレイ、静かに。あれは魔族。角と翼があって人型。多分目が赤い」

「じゃあ魔法陣を使ったのって魔族ってこと？」

「間違いない」

「師匠、危ないんじゃ……」

「私たちでは魔族には勝てない。ここは大人しくしているべき」

「そこにいるのは誰だ⁉」

魔族がフレイとフィルに気づいて声を上げた。

「バレた⁉　フィル、どうしよ？」

「しょうがない。クリフが戻るまで時間を稼ぐ」

フレイとフィルは顔を出して魔族の前に姿を現した。

「あなたは魔族ね。ここで何をしているの？」

「お前たちには関係のないことだ。しかしこれを見られたからには生かしておけないな」

「フレイ、転移魔法陣を壊さないように魔法を使って。あれを壊すとクリフが戻ってこられない」

「わかったわ」

フレイとフィルは魔法を使って魔族に攻撃した。だが魔族には傷一つ付かなかった。

「ダメージを全然受けてないわ」

魔族との戦力の差が大きすぎて手も足も出なかったフレイとフィルは、魔族の攻撃を受けて地面に倒れた。

ちょうどそのタイミングでクリフが転移魔法陣を使って戻ってきた。

☆

「フレイ、フィル、大丈夫か？」

「師匠～」

「クリフ」

僕は即座に『回復魔法』をかけてフレイとフィルの傷を治す。

そして目の前にいる魔族に話しかけた。

「お前は魔族か？　ってことは、やっぱりこの魔法陣は魔国につながってるんだな？」

「よくわかったな」

「何が目的だ」

「それを俺が話すとでも？？」

「じゃあ話したくなるようにしてやるよ。来い、デュランダル」

魔族は強い。イメージだけど高い再生能力があって魔法耐性も強いはずだ。でないとフレイとフィルが一方的にやられるわけがない。

神剣デュランダルを持った僕は魔族に向かっていった。

デュランダルが魔族に傷を負わせていく。

よし。デュランダルは魔族に通用するな。このまま押せば倒せるぞ。

魔族は分が悪いと思ったのか、僕から距離を取った。

「なかなかやるようだな。今日のところはここで引き返す。また機会があったら相手をしてやる」

魔族はその場で消えていった。『転移』したのだろう。

「師匠〜」

「クリフ」

「二人とも大丈夫だったか？」

「うん。なんとか」

「よかった。魔族が出てきたってことは、転移魔法陣の先は多分魔国だと思う。森につながっていてけっこうな魔物が向こうにいたよ」

「魔族が攻めてくるってこと？」

「まだわからない。一度戻って陛下に報告しよう。それとこの魔法陣は破壊しておく。そうすればこっちに魔物は現れないと思うから」

王様に早急に相談が必要だな。魔族があっけなく逃げていったのも気になるし……。

魔族を追い払った僕たちは報告のため、急いで王都へと戻っていった。

☆

王城に行くと門番がいた。

「すみません。急ぎで陛下に取り次いでいただきたいんですが？」

「ダメだ。陛下は忙しい。お前みたいな子どもを取り次ぐわけにはいかん」

だよな〜。いきなり子どもが来て王様に会わせろって言っても無理があるよな〜。

「私たちセリーヌ様と同じクラスで、友人なんです。セリーヌ様にクリフが来たって伝えていただくことはできますか？？」

「クリフ？　……あっ⁉　お前はこの前の会談の時に勇者と決闘をした」

「はい。そうです。ダメですか？」

「わかった。ちょっと聞いてくるから待っていてくれ」

門番は中に入って誰かに聞きに行ってくれた。

「よかったですね、師匠～」

「ああ。これで中に入れてくれたらいいんだけど……」

まあダメなら無理やり『転移』で入るけどね。

門番を待っていると一台の馬車が止まった。そこにはなんと⁉　セリーヌが乗っていた。

「クリフ様⁉　どうしたのですか？」

おお～なんというご都合主義⁉　さすがテンプレ満載の異世界だ。

「セリーヌ、ちょうどいいところに来てくれた。急ぎで陛下に会いたいんだ。なんとかならないか？？」

「お父様にですか？　わかりました。まずは中に入りましょう。フレイさんとフィルさんもどうぞ」

王城に入ることに成功すると、王様は広間で待っていた。

セリーヌが急ぎで会いたいことを伝えてくれたらしく、時間を作ってくれたようだ。

「クリフくん。セリーヌがとても重要な話があるとのことだが、どうしたんじゃ？」

「陛下、先ほど僕はギルドの依頼を受けて北の森までワイバーンの討伐に行ってました」

「ワイバーンだと!?　それは誠か？　それで？」

「はい。ワイバーンは無事に討伐したのですが、北の森に普段はいないようなスケルトンやゾンビ、グールなどの魔物がいました。そこで何か異変が起きてると思って森を調査してみると、森の奥に巨大な転移魔法陣があり、そこから魔物が現れていました」

「何!?　それは本当か!?」

「ご安心ください。その転移魔法陣は既に破壊しております」

「そうか。なら安心じゃな。ではなぜそんなに急いで話をしに来たのじゃ？」

「はい。転移魔法陣は魔国に通じておりました。そして転移魔法陣の近くに魔族がいました」

「「魔族!?」」

「はい。フレイとフィルでは手も足も出なかったようです。僕が魔族と戦ったのですが逃げられてしまいました」

「魔族が転移魔法陣を使って北の森に魔物を送っていた。ということか……」

「はい」

「それは一大事じゃな。クリフくん、よく知らせてくれた」

「クリフ様!?　大丈夫だったんですか？」

「僕は大丈夫だったよ。フレイとフィルも『回復魔法』で傷は治したから問題ないと思う」

「死ぬかと思いましたが師匠が助けてくれました」

「クリフに助けられた」

「すぐに騎士を派遣して北の森を調べさせよう。クリフくん、転移魔法陣があった場所を教えてもらえるかな？」

「わかりました。それとこれは僕の勘ですが、北の森以外の西、東、南に関しても調べた方がいいと思います」

「なぜじゃ？」

「僕はたまたま北の森で転移魔法陣を見つけましたが、もし魔族が王都を攻めるつもりなら他の所からも魔物を向かわせると思います」

「たしかに一理あるの〜。わかった。騎士の数も限られておるが王都の周辺の警戒もしておこう」

「ありがとうございます」

テンプレなら転移魔法陣を使った魔物のスタンピードが一番可能性が高いからな。北に転移魔法陣があったってことは、次に可能性が高いのは南か？？　魔族が何人いるかが問題だよな？　スタンピードなら魔物の数は一万とかかな？　冒険者と王城の騎士が襲われた王都を防衛する、指揮官である魔族を倒すと魔物は逃げていくっていうのが王道だよな。でも防げるなら防ぎたい。いくらテンプレだとしても、スタンピードが起こると少なくない被害が出るに決まってるもんな。

☆

王様に魔族のことを話した僕は、セリーヌの部屋でフレイやフィルとともに先ほどのことを話していた。

「それでクリフ様、どうしてフレイさんとフィルさんと一緒にいたんですか？」

あれ？　セリーヌは怒ってるのか？　フレイとフィルと一緒だったから？？

「ああ。ギルドで依頼を受けて北の森に行こうとしたら二人と偶然会ってね。ワイバーンの調査に行くって言ったらついてきたって感じだよ」

「はい。その通りです。まさか魔族に遭遇するとは思わなかったですよ」

「魔族もそうですがワイバーンも危険ですよ!?　どうしてそんなことを？？」

「僕はBランクの冒険者だからね。ワイバーンならどうってことないよ」

「それでも心配です!!」

「わかったわかった。ゴメンよ」

セリーヌとひとしきり話した後、僕はギルドに向かうことにした。王様から魔族の件は伏せておくように言われているので、ワイバーン討伐の報告をするためだ。フレイとフィルは冒険者ではないので王城で別れた。一体はフレイとフィルが倒したので、報酬は僕が受け取って二人に渡すことになった。

ギルドに着くと、エリーさんにワイバーンの討伐について報告した。

「エリーさん、北の森にはやはりワイバーンがいました。一応ワイバーンが二体とレッドワイバーンが一体いたので討伐しておきました。それと北の森ですが、スケルトンやゾンビ、グールみたいな魔物もいて、普段よりも魔物の数が多いみたいでした。なんかあるかもしれないので一応報告しておきます」

一応王様からは魔族のことはまだ伏せておくように言われてるから黙っておくけど……でも、多分すぐにギルドマスターとかには伝わるよな？？　調査するって言ってたし……。

「ワイバーンが三体⁉　討伐した⁉　さすがクリフくんね。それでワイバーンの素材は持ってるの？」

「はい。裏に出せばいいですか？」

「うん。お願いできる？」

「はい。わかりました」

僕は解体所で『アイテムボックス』からワイバーンを出して査定を待った。しばらくすると査定が終わり、報酬を受け取った。かなりの額になったが、森の調査からワイバーンの討伐に魔族との戦いとかなり疲れていたので、報酬を受け取ると学生寮に帰った。

「は～疲れた。まさか魔族が出てくるなんてな～。まあ創生神様が魔王のことを話してたし、そのうち攻めてくる可能性もあるようなことを言ってたからそうなるんだろうけど、最近は学校が楽しくてそのことを全然考えていなかったな」

この世界には魔王が存在し、魔王を倒す役目として勇者が存在している。魔王の目的は世界を破滅に導くことと言われている……。

「とりあえず魔族が攻めてきた時のことを考えないとな～。僕一人だったら『転移』で逃げることもできるし、相手が一人とか二人とかなら十分対応もできる。ただ、それって僕一人ができるってことだもんな……『転移』で逃げて戻ってきたら王都が壊滅してたとかってなると、逃げる意味なんて全くないもんな……」

僕一人なら、魔族が来てもスタンピードが起きても災害や災厄が起きても、どうにでもなるだろう。だが、異世界に転生してから多くの人と出会って婚約者や友人や知り合いが増えた僕としては、その人たちが死ぬのは見過ごせなかった。

「あらゆる可能性を考えて対応する方法を見つけておかないとな。僕には前世の知識がある。テンプレにも詳しい。だったらできるはずだ」

僕はまず北の森にあった転移魔法陣を思い出した。

「可能性で言えば魔物によるスタンピードがやっぱり一番確率が高いよな。だって魔族がいて、転移魔法陣を見つけて、そこから魔物が現れた。そして魔族は逃げた。となると、これはもう別の所にも転移魔法陣があるのがテンプレだよな。北の森の魔法陣は壊したから、同じ場所にはすぐには作れないはずだから……」

次にスタンピードについて対応を考えてみたが――

「あ～やっぱり戦力が足りないよな。こんなんだったら仲間をもっと増やしておくんだった。奴隷を買ったり、ドラゴンを見つけてドラゴン娘を仲間にしたり、フェンリルみたいな狼を仲間にしたり……今のところ、僕とスイムだけじゃあ一万ぐらいの魔物が王都を攻めてきたら全然対応できないじゃん」

スイムが「私がいるでしょ。任せてよね」と言わんばかりにクネクネした。

「ありがとう、スイム。頼りにしてるよ」

どうすればいいんだろ？　王都だから冒険者の数は多いけど、冒険者が前線に立って魔物に対応しても少なくない被害が出るよな？　それなりに対応はできるだろうけど、スタンピードを乗り切っても被害が大きかったら後々困るしな～。学校の生徒も戦力にはなっても……フレイなんかが魔法を放っても、倒せるのって多分一回で二十体ぐらいだよな～。魔法を食らわなかった魔物に襲われて終わりって未来しか見えないよ……。

騎士だって一緒だよな。王都を守るために戦うだろうけど、こっちが百人いても一万の大軍にはさすがにな～……夜通し攻められたら体力がもたないよな……いっそこっちから魔国に攻めていって魔王を倒すか？？　いやいや行ったところでやられるだけだな。

僕はスイムを見ながら、あ～でもない、こ～でもないと対策を考えていた。異世界でのテンプレの連続を考えると、スタンピードが確実に起こる予感があったからだ。部屋の中で考えていると、ふと一冊の本が目に留まった。

「『召喚魔法』の本？？」

そう。王都に来た時に購入した『召喚魔法』の本だ。

「そうか。『召喚魔法』だ‼　これこそテンプレだ。魔法陣に魔力を大量に注いで召喚する。きっと戦力が増えるはずだ。フィルみたいに精霊が出てくるのか？　竜王とかのドラゴンが出てくるのか？　異世界の魔王とかが出てくるのもあるよな。誰が出てきても戦力は増えるはずだよな。買ってから存在をすっかり忘れてたよ」

僕は『召喚魔法』を使って戦力を増やすことに決めて、『召喚魔法』の本をじっくり読んだ。

「よし。内容はある程度理解したぞ。でも本を読んだ限りじゃ何が召喚されるかわからないみたいだな……。ドラゴンとか精霊の召喚に成功したって書いてあるけど……まあ準備して行動してみるしかないか……」

僕は、明日から『召喚魔法』をもっと調べようと決めて眠りについた。

第39話　『召喚魔法』で現れたのは……

翌日。学校では、僕のことが噂になっていた。噂の内容はワイバーンを倒したことだった。

教室に着くとタフマンが寄ってきた。

「クリフくん、ワイバーンを倒したんだって？　すごいね」

「タフマンおはよう。なんで知ってるの？」

「噂になってるよ」

「噂？」

周りを見渡すと一緒にワイバーンを討伐したフレイがクラスメイトに昨日のことを話していた。

「犯人はフレイだな」

「なんでフレイさんが知ってるの？」

「ああ、ギルドの依頼だったんだけど、フレイとフィルと一緒に行ったんだよ」

「へぇ～そうなんだ。僕もワイバーン見たかったな」

フレイのそばに行って注意しようとしたが、火に油を注ぎかねないと思い、静かに自分の席に着いた。

「クリフ様、おはようございます。昨日は大変でしたね」

「セリーヌ、おはよう。そうだね。昨日はちょっと疲れたよ」

「あれから王城はバタバタでしたよ。今日もその対策で一日バタバタするでしょうし、しばらくは大変です」

セリーヌが小声で色々教えてくれた。

そりゃそうだよな～。魔族なんて今まで話題に上がったこともないんだから、王城は対応と対策に追われるわな～。王様たちにも対策をがんばってもらうけど、僕もがんばらないとな。

そんなことを話しながら、学校が終わると僕はすぐに図書館へ向かった。『召喚魔法』について詳しく調べるためだ。

『召喚魔法』に必要なのは魔法陣と魔力に詠唱か～。まあ思ってた通りだよな～。家にある本と図書館の本では魔法陣が微妙に違う気がするけど、魔法陣の形によって出てくるモノが違うんだろうか。そもそも魔法陣と魔力があれば発動するなら『召喚魔法』ってすごく簡単なんじゃ？？

そんな疑問を持ちながら『召喚魔法』について調べていくと、いくつかわかったことがあった。

『召喚魔法』を使うためには魔法陣と大量の魔力と詠唱がいる。

魔力を流したからと言って『召喚魔法』が発動するとは限らない。

『召喚魔法』が発動したとしても召喚されるとは限らない。

召喚されるのは悪魔や天使、精霊や魔物など様々いるが、希望の種族が現れるとは限らない。

『召喚魔法』が成功しても術者に従うとは限らない。

悪魔を召喚した人がその直後に悪魔に殺されたケースがある。


なるほどな～。簡単にできるようでも、実際にやってみると危ないんだな。悪魔を呼んで殺されるとか、洒落《しゃれ》にならないもんな。『召喚魔法』があまり使われてないのはこの辺が原因っぽいな。

僕が使っても大丈夫だろうか？？　悪魔とか出たら対応できるかな？　魔力を注ぐ時に『聖』属性の魔力とかを込めたら悪い種族は出てこないとかって話もあったし、媒体を使って召喚したらそれに属したモノが現れるとかって話も異世界モノならあるけど、そういうのはないのかな……。

僕は『召喚魔法』について色々な書物を調べながら、どうするか決めた。

よし！　やっぱり『召喚魔法』を使おう。魔法陣はこれを写して、魔力は一応『聖』属性を込めよう。何かあったら危ないから誰もいない所で試すとして、目標はドラゴンだな。『人化』できるドラゴン娘が理想だけど……これは魔力を注ぎながらイメージするしかないな。

今日はもう遅くなったし、明日学校が終わったら王都の外に出て試してみよう。

☆

翌日。学校を終えた僕は早速王都の外に出て、誰もいない荒野に向かった。

「よし。ここなら誰もいないし大丈夫だな。まずは小さな魔法陣で試してみよう」

僕は小さめに魔法陣を書いて、少しだけ魔力を込めた。そして詠唱を行った。すると魔法陣の中心にはゴブリンが現れた。

「おお〜。ゴブリン出《いで》よって念じたらゴブリンが現れたぞ。これって僕の言うこと聞くのかな？？」

召喚されたゴブリンは僕に向かってきた。

「あれ〜？　向かってきたぞ……失敗したかな？　しょうがない、倒すか」

僕はゴブリンに向かって『火魔法』を放って瞬殺した。

「何がいけなかったんだろう？？」

僕は思い通りにゴブリンを召喚できたが、いきなり襲ってきたことに対して失敗したと思って原因を考えてみた。

「あっそうか!?　失敗じゃないんだ!!　そりゃそうか……ゴブリンを殺したのがいけなかったんだな。向こうは僕の力を見たくて襲ってきたのかも。なるほど、そう考えれば納得だな。ドラゴンが召喚されたとして、その時は僕の実力を見せて従ってもらうようにしたらいいんだな」

この時の僕は一人納得していたが、予想は八割方当たっていた。

召喚されたモノは基本的に術者に好意的だが、それと術者に従うのはまた別の話だった。術者の実力を確認して納得したら契約してくれるのだ。だが、それは知能の高いモノだけだった。ゴブリンは知能が低いので、ただ単に僕に襲いかかっただけだった。

「よし！　じゃあ本番と行こうか。まずはドラゴンが現れてもいいように大きめの魔法陣を書いてっと」

書いた魔法陣よりも大きいモノは召喚できないので、ドラゴンが現れてもいいようにかなり大きな魔法陣を書いた。

「よし、じゃあ魔力を込めるか。『聖』属性に変換して。ドラゴン来い。ドラゴン来い。ドラゴン来い。ドラゴン来い。ドラゴン来い。ドラゴン来い」

僕は魔力を込めながら、そしてドラゴンを思って詠唱した。

すると大きな召喚魔法陣が光り輝き、光が収まったかと思うと、召喚魔法陣の真ん中に魔物が召喚された。

「成功だ!?　けど……………赤いスライム!?」

召喚は成功したが、現れた魔物は大きな魔法陣いっぱいのドラゴンではなく、小さな小さな赤い色をしたスライムだった。

「我を呼んだのは貴様か？」

「しゃべった!?」

「我を呼んだのは貴様か？」

目の前のスライムが話しかけてきたので、僕は正直に答えた。

「はい。僕が『召喚魔法』で呼びました。まさかしゃべるスライムが召喚されるとは思いませんでした……」

「スライム？　我を低能なスライムと一緒にするでない。我は人々に恐れられた災厄の一つぞ」

「災厄ですか？？」

「そうじゃ。我に向かってきた人族の軍団を一瞬で亡き者にしたり、魔物を引き連れてきた魔族どもを炎の海に沈めたこともあったな。全てを食らいつくす我は皆に恐れられておる」

え～っと……しゃべるスライムで妄想好きなのかな……口調はすごく偉そうなんだけど……どうしたらいいんだ、これ？？

僕は目の前の小さな赤いスライムが何を言っているのか理解できなかった。唯一理解できたのは、スイムと違ってしゃべっているということだけだった。

「すいません。スライムさん？　でいいですか？　気を悪くしたらごめんなさい。僕にはあなたが小さなしゃべる赤いスライムにしか見えないんですが？？」

「ああ、そうか、この見た目じゃからいかんのか。ではこれならどうじゃ？」

目の前の赤いスライムはそう言うと、いきなり人の姿になった。赤い長髪に目も赤い。身長は僕よりちょっと高そうだ。スタイルは上からボンッ、キュッ、ボンッだった。

「『人化』した!?　って裸!?」

僕は目の前の赤いスライムが『人化』したことにも驚いたが、それよりも目の前のスタイルがよくて美人な女性が裸だったことに驚いて、『アイテムボックス』からローブを取り出してその女性に投げた。

「とりあえずそれを着てください」

おいおい、思わぬ所でなんとやら。魔物が『人化』して服を着てないってテンプレに遭遇したぞ!? 驚いてローブ渡しちゃったけど失敗したかな。いやいやここでガン見したら人としてダメだろ。それにしてもこのスライム、何者なんだ?

スライムはローブを受け取るとそれを身につけた。

「おお気が利くな。そういえば人族は服を着るのじゃったな。長く『人化』などしなかったから忘れておったわ」

「それよりもあなたのことを教えてください。僕が『召喚魔法』で呼び寄せたとはいえ、あなたが誰なのか全くわかりません」

『鑑定』するか? いや気分を害したらダメだな。やばい雰囲気はする。それに話ができそうだから話してみるか。

「そうじゃったな。我はグラトニースライムのグランじゃ」

「グラトニースライム??」

「そうじゃ。知らんのか?」

「はい。初めて聞きました」

初めて聞いたけど、グラトニーって「暴食」だよな……しゃべるスライムで『人化』できる。災厄……七つの大罪系のスキルを持ってるのか？？　『暴食』のスキルを持ってるからなんでも取り込んで災厄になっている。あり得る展開ではあるな。

「まあ、ここと違う世界にいたから当然かもしれんな」

「ここと違う世界？」

「そうじゃ。我は魔界で過ごしていたのじゃが、誰かが『召喚魔法』を使った気配を感じてのぉ。おもしろそうじゃったから我が応えたというわけじゃ」

魔界？　この世界には魔国はあるけど魔界はない。また別の異世界の住人ということか？？

「そうなんですね。それでグランさんはこっちの世界に来てどうするんですか？　人族を滅ぼすとかって言われたら、僕も対処しないといけないんですが？」

「安心せえ。この世界を滅ぼすつもりはない。我も退屈しておったのでな。この世界を色々見られたらそれでよいぞ。お主には呼んでくれて感謝してるぐらいじゃ。なんならお主と契約をしてもよいぞ」

契約か～。それは魅力的だな。でもそもそも災厄って自分で言ってるけどこの人は強いのかな？やばい雰囲気は出てるけど、正直、僕が本気出せば勝てるんじゃ？？　『鑑定』してみるか。

僕は『鑑定』をグランに使ってみた。

【名　前】グラン
【年　齢】３３２５歳
【種　族】スライム族
【身　分】グラトニースライム
【性　別】女
【属　性】火・闇・時空
【加　護】
【称　号】災厄
【レベル】測定できません
【Ｈ　Ｐ】測定できません
【Ｍ　Ｐ】測定できません
【体　力】測定できません
【筋　力】測定できません
【敏　捷】測定できません
【知　力】測定できません
【魔　力】測定できません
【スキル】暴食・人化・創造魔法

はっ？　何これ？　肝心なところが全部わからないぞ？？　測定できませんって、じゃあいくつまでなら測定できるんだ？　それ以上ってことか？　やばすぎるだろ……。

「ん？　お主、今我を『鑑定』したか？」

やばい!?　『鑑定』したのがバレた!?　どうしよ。

僕が焦っていると、スイムがポケットから抜け出してグランに向かっていった。

「ピキーッッ」

「あ～スイム!!」

グランに突撃するかと思ったが、スイムはそのまま頭に乗った。

「おお～。お主の従魔か～。ふむふむ。なるほどの～。スイムよ。お主もなかなか強いぞ。スライムエンペラーはスライム族の中でも最上位じゃからな。なるほどそういうことか」

グランとスイムが会話している。

同じスライムだから会話できるのか？？

「クリフよ。スイムより話は聞いた。我もお主の従魔となろう。なんでも困ってるらしいではないか。我が力を貸してやろうぞ」

『鑑定』がバレてひやっとしたが、スイムのおかげ？　で、グランは僕の従魔になることになったのだった。

第40話　最強従魔⁉　グラン強すぎ‼

グランを従魔に加えた僕は、そのグランと訓練していた。

「マスターはなかなか強いな。さすが我を呼び出しただけのことはある」

グランはそう言いながら、僕の攻撃をヒョイヒョイッとかわしていく。

「くそっ！　全然当たらない。魔法も全部手で防がれるし……」

「まだまだじゃな。身体がまだ子どもというのもあるが、全然なっておらんぞマスター。我が鍛えてやるからもっと向かってこい」

デュランダルを出して切りかかったが、グランは片手でデュランダルを受け止めた。

「この剣はなかなか強いぞ。マスターの魔法か？」

グランは左手で剣を受け止め、右手で僕の腹を殴った。殴られた僕は盛大に吹っ飛んだ。自分に『回復魔法』をかけて立ち上がったが身体中傷だらけだった。

グラン強すぎだろ⁉　もう一週間はずっとこんな感じで訓練してるけど、倒せる気が一切しないぞ。

グランを従魔にした翌日から、グランの提案で僕はグランに師事して訓練を行っていた。基本は対人戦だが、一週間前と比べてだいぶ戦えるようになったと思っていたのに、グランには全然通用しなかった。

グランを従魔にした僕は、魔族に関しては王様の調査を待つことにして、自分のレベルアップを優先していた。さらにスイムがグランに『人化』を教わる形でレベルアップを図っていた。グランが言うには、もう少しでスイムは『人化』ができるらしい。

「ちょっと休憩するか、マスター」

グランがそう言い、休憩することになった。

「グラン、めっちゃ強いね。グランがいた異世界はグランみたいな人がゴロゴロいるの？」

「我のいた所か？　そうだな～。我クラスになるとなかなかおらんな。だがマスターもいい線行くと思うぞ。我クラスになるには十年はかかると思うがな。それよりもずっと鍛錬していいのか？魔族が攻めてくるんじゃろ？」

「攻めてくるとは思うけど、陛下に調査を依頼してるからね。まだ何も言ってこないってことはまだ何も起きてないんだと思う。それよりも魔族が魔物を引き連れてきた時に何もできないのは嫌だからね。少しでも鍛えておかないと」

「さすがマスターじゃ。一週間前と比べても能力が上がっているのがわかるし、スイムももうすぐ『人化』できるだろうな」

「ああ、スイムのことは助かったよ。相棒だったんだけど直接しゃべれないから、早く『人化』を覚えないかな～って思ってたんだよ」

「『人化』は特殊じゃからな。レベルを上げるだけではなかなか覚えられんよ。スイムは知力の数値が高い。そもそも知力の数値が高くて才能がないと『人化』はできないからの～」

☆

グランとの訓練を終えて学生寮に戻った。

寮の人にバレないように、グランもスイムと同じように部屋に入るまではポケットに入ってもらっていた。

部屋に入るとグランはすぐに『人化』する。

「マスターよ。ポケットに入るのはさすがにもう疲れたぞ。どこか広い所に引っ越さないのか？」

だよな～。スイムも『人化』できたらさすがに隠しきれないよな。

「そうだよな～。引っ越しも考えないとな。いつグランの存在がバレるかわからないしな」

と言っても、冒険者ギルドにはグランの存在を伝えてある。従魔登録にするか冒険者登録にするか迷ったが、グランが「我はマスターの従魔じゃ」と言ったので従魔登録にしていた。ただ、『人化』した姿でギルドに入ると視線がすごかった。グランは気にしていないようだったが、周りがグランのことをガン見するのだ。声をかけてくる者もいたが、そういった輩《やから》はグランが適当に倒していた。

「従魔登録してるんだから、わざわざポケットに隠れなくてもよかろう。学校というのにも興味がある。ずっと部屋にいるのも退屈じゃ。明日はマスターについていくぞ」

「まじで⁉　いやそれは……」

「なぜじゃ？　別によいじゃろ？」

まあ困ることは……あるか。絶対セリーヌとかに糾弾《きゅうだん》されるよな。でも早めに存在を紹介しておかないと、隠せば隠すほどやばいことになりそうだしな……。

「わかったよ。明日は『人化』のままで大丈夫だ。家も明日探しに行こう。けっこう冒険者で稼いでるから、大きな家は無理でもそこそこの一軒家くらいなら借りることができると思う」

「本当か⁉　やった。スイムも『人化』してマスターについていこう。よしスイム！　部屋の中で特訓するぞ。もう『人化』できてもおかしくないからな」

一週間ではあるが、僕はグランとの特訓でかなり強くなっていた。魔族が来ても対応できるほどに。さらに最強の従魔グランもいる。王国の調査状況も確認しておかないと、と考えながら明日からの予定を立てていた。

「じゃあ、明日は学校に行ってセリーヌに調査の件を確認して、それから不動産屋に行って物件を探すとするか」

「訓練はどうするんじゃ？」

「時間があったらしたいけど……」

グランは容赦ないんだよな～。いつも僕がボロボロになるまでやるし。それを絶対楽しんでるよな。

僕はグランの特訓が明日もあるのか、とため息をつきながら眠りについた。

☆

翌日。僕はグランとグランの頭の上に乗っているスイムとともに学校に向かった。学校に到着すると、すれ違う人すれ違う人が視線を向ける。それはそうだろう。僕がこの学校で知名度が高い有名人であるとともに、その横には赤い長髪の美人が並んで歩いているのだから。しかも学校の制服を着ていない。グランは冒険者用の身軽な服装だった。

「マスターよ。皆がこっちを見ておるぞ」

「そりゃそうだろ。ここは学校なんだから。グランを見て誰だろう？　って思ってるんだろ？　しかも僕は首席だからけっこうみんなに知られてるんだよ」

「なんと!?　マスターは有名人なんだな。さすがマスターじゃ」

周りがヒソヒソと話しているのは僕にも聞こえてきた。

「ねぇ～クリフくんの隣にいる人誰かしら？」

「すごい美人じゃねぇ〜。クリフの彼女か？」

「クリフくんってセリーヌ様と付き合ってるんじゃなかったの？」

「制服着てないから学校の生徒じゃないよな？」

「クリフくん結婚して！」

は〜。やっぱり連れてくるんじゃなかった。絶対目立ってるし変な噂が立つよな〜……。

僕はグランを連れてきたことを後悔したが、既に遅かった。

僕はグランとスイムとともにSクラスの教室に入った。するとそれまでざわざわしていた室内が、いきなりシーンと静まり返った。

あ〜。思ってた通りの反応だよ。ここでもテンプレかよ!? で、セリーヌに詰め寄られるんだろ？？ 知ってるよ。

僕は自分の席に行く。グランとスイムもついてきた。席に着くと早速セリーヌが話しかけてきた。クラスメイトはその様子を遠巻きに眺めている。

「クリフ様、おはようございます。その方はどちら様ですか？」

「我か？ 我はマスターの従魔のグランだ」

「従魔!?」

話がややこしくなったら困るのでグランを制し、僕はセリーヌに言った。

「おはよう、セリーヌ。そうなんだ。前に言っただろ？ 『召喚魔法』を試すって。その時に現れたのがグランなんだよ。あとスイムは知ってるだろ？　どうしても学校が見たいって言うから連れてきたんだよ」

僕は何事もないように普通にセリーヌに説明した。

「そう……従魔……でも……女性……美人……」

そこに空気を読まないフレイが口を挟んできた。

「師匠～。その綺麗な人は誰ですか？　師匠の彼女さんですか？」

「か・の・じ・ょ……？？」

バカ⁉　フレイ‼　それは言ったらダメなやつだろ‼

「違うよ。今セリーヌにも言ってたんだけど、僕の従魔のグランっていうんだ。今は『人化』してるけどスライムなんだ」

「美人の彼女……」

セリーヌは意識がどこかに行ってしまったかのように放心状態に陥っていた。

「セリーヌ？　大丈夫？　元に戻ってよ」

僕はセリーヌに声をかける。は～。やっぱりグランを連れてくるんじゃなかった。

「はっ⁉　私は何を。たしかクリフ様に挨拶したら……隣に美人の女性が……あっ⁉　あなたは誰ですか？」

ループかよ⁉

このままでは話が進まないから、グランに『人化』を解いてもらってポケットに入れた。もちろんスイムも。グランが消えた後、僕はセリーヌやクラスメイトに再度グランのことを説明した。必死に説明したので、最後にはセリーヌたちもわかってくれた。

学校が終わり、セリーヌに魔族の件について進捗を確認してみた。

「セリーヌ、調査の方は順調に行ってるかな？」

「あの件ですね。とりあえず冒険者に依頼をかけて、王都の周りを探ってもらっているみたいですわ。まだ報告が上がってきていませんので、それが来たらクリフ様にもお伝えしますね」

僕がセリーヌと話していると、学校が終わったことに気づいたグランが再び姿を現した。

「マスター、学校は終わったんじゃろ？　早く不動産屋とやらに物件を探しに行くのじゃ」

「不動産屋？　物件？　クリフ様、どういうことですの？」

タイミング悪いな～。これもしょうがないか……。

「いや。あの。今、僕って学生寮に住んでるだろ？　グランとかは今みたいにポケットに入ってもらってるんだけど、それじゃ過ごしづらいから別に家を借りようかな～って」

「クリフ様とグランさんが一つ屋根の下で!?　……私も不動産屋についていきます!!」

「えっ!?　ついてくるの？」

「はい。当然です。そうと決まれば早速行きましょう」

僕は、グラン、スイム、セリーヌとお付きのユウリとマークと一緒に、不動産屋へ向かった。冒険者ギルドに行っておススメの不動産屋を聞こうと思っていたが、ユウリが不動産屋のことを知っていたので彼女に任せてついていくことにした。

「さすがユウリ。実は不動産屋自体もどこにあるかわからなかったんだよね」

「セリーヌ様のお付きとして当然です」

いい物件があればいいな〜。それにしても背中からの圧がすごい。

僕の後ろではセリーヌとグランが仲良くおしゃべりしていた。だが仲良くというよりはお互いの言葉にトゲがあり、僕は何か起きるんじゃないかと気が気でなかった。

だが、しばらくして二人の会話に耳を傾けてみると――

「セリーヌはマスターの婚約者なのか？　それを早く言うのじゃ。マスターを狙う悪い人かと思っておったわ」

「私こそグランさんを誤解しておりましたわ。クリフ様をしっかり守ってくださいね」

何があったんだ？　いつの間にかすごく仲良くなってるぞ？？

まあ仲良くなってくれたならよかった。もし喧嘩なんかしたら……ていうか、グランを怒らせるとまずいからな……。

不動産屋に着くと、早速物件について話をした。

「すみません。家を探していまして、学校に近い所で部屋は三つぐらいほしいんですが、ありますか？」

「クリフ様、ここは私に任せてください」

セリーヌはそう言うと、不動産屋の店主と話し出した。五分ほど話すと――

「クリフ様、学校の近くで運よく一軒家が空いているそうです。聞いてみるとなかなかよさそうな家です。今から行ってみませんか？」

セリーヌにそう言われ、僕たちはおススメの物件を見に行くことにした。


紹介された家に行ってみると驚いた。

「でか!?　屋敷じゃん。いやいやこんなでかい家、必要ないでしょ!!」

僕は案内された家を見た瞬間に声を上げた。

「いえいえクリフ様ならこれぐらいの家でないと！　庭もありますし、ここならグランさんもスイムさんも十分でしょ」

「セリーヌ、さすがだな。我はこの家気に入ったぞ」

「キュキュキュ」

どうやらグランとスイムは大きな家が気に入ったようだ。

「いやいやセリーヌ。こんな大きな家、借りてもそこまで使わないよ。それに大きい分家賃も高いだろうし」

「クリフ様。元々、この家はある貴族が住んでいたそうです。ただ没落してからは空き家になっていて、今まで借り手が全然いなかったらしくて家賃も格安みたいですよ。どうせ借り手がいないなら、安くても借りてくれる方がいいみたいです」

「借りられるんなら、まあ構わないのか？？　グランとスイムも気に入ってるし……」

僕はどうしようか迷ったが、僕以外は全員この家を気に入っていたので、泣く泣くこの大きな家を借りることにした。

は～。まあ家が大きくて困ることはないし、よしとするか。家賃は僕が冒険者として稼げばいいだけだもんな。それに……これからハーレムを築いていくんなら大きい家は後々にはほしかったから、それが早くなっただけだと思えばいいか。と言っても、まだ増える見込みは全然ないけど……。

☆

新しい家の契約を終えた僕は早速引っ越すことにした。グランに急《せ》かされたのだ。

「マスター、早く新しい家に行こう。もうポケットの中は嫌じゃ」

「わかったよ」

学生寮だったのでモノは全然なく、引っ越し自体はすぐに終わった。問題は広い家に対してモノが全然ないということだった。

「家具とかないから買いに行かないといけないな。料理も少しならできるけど調理器具も全然ないし……どうしようか？」

「我はとりあえず、ポケットに入らなくて済むなら気にしないぞ。ゆっくりそろえていけばいいのではないか？」

「そうだね。住みながら必要なモノはそろえたらいいか」

「私がお掃除はがんばります。それと料理もがんばって覚えますです」

スイムがそう提案してきた。

そうなのだ。物件を契約した日、スイムが『人化』を覚えた。それもあって、グランは引っ越しを急かしていたのだ。スイムの見た目はかわいらしい少女といった感じだ。どこから持ってきたのかメイド服を着ていた。

スイムがこの家の管理をしてくれると助かるな。僕も管理とかは苦手だし、グランはできるようには見えないしな。

引っ越しを終えた僕たちは、前に住んでいた貴族が残していったであろう家具が少しあったので、置かれていたテーブルの椅子に腰かけてゆっくりしていた。すると——

「すみません。クリフさん、いますか～」

「誰だろ？　僕の家ってわかってる人って、ほとんどいないよね？」

「我が聞いてこようか？」

「僕が行ってくるよ。は～い。どちら様でしょうか？」

玄関のドアを開けると騎士が二人立っていた。

「ああクリフさん。いたんですね。よかった。陛下が至急クリフさんに来てほしいとのことで。よろしければ今から王城に一緒に来られますか？」

「今からですか？」

「はい。陛下からは急ぎの用件と言われておりますので」

魔族関係のことかな？　たしかに進捗ならすぐに知りたいな。

「わかりました。すぐに準備しますので少し待っていてください」

僕はグランとスイムと一緒に騎士について王城へと向かった。

☆

王城へと着いた僕たちは王様からの話を聞いていた。

「クリフくん、呼び出して悪かったの。話というのはこの前の北の森のことじゃ」

「調査が終わったんですね。どうだったんですか？」

「うむ。冒険者に周辺を見てもらったんじゃが、南と西に魔物が大量に集まっていて王都に向かっているらしい。数はどちらも一万ぐらいいるという報告を受けておる」

「一万⁉　本当ですか⁉」

まじか⁉　やっぱり魔族を見つけたのはスタンピードのイベントだったか。

どうする？　僕がチートを使って全滅させるのがいいのか？　いや、指揮官である魔族を見つけて、魔族を倒したら魔物は逃げていくっていうのがテンプレか……でも僕にできるのか？　グランもいるけど……。

「ああ。クリフくんの予想した通りじゃったよ。今、冒険者には緊急依頼として集まってもらっている。もちろん王城の兵士たちにも王都の南門と西門を守るように指示を出して、警備を固めておるところじゃ」

どうするのが正解だ？？　最高の結果はこちらの被害がゼロで終わることだな。最悪の結果は王都の壊滅……。

僕とグランとスイムで片方を受け持つか？　それだったら冒険者は片方に集中することができる。魔物はグランに任せて僕は指揮官を見つけるか？　でも、そもそも指揮官はいるのか？

僕は自分の経験したテンプレと異世界の知識を総動員して最適解を考えた。悩んで考えて、悩んで考えた結果――

「陛下‼　僕の考えを聞いてもらえますか？」

僕は考えた計画を王様に話した。

「スタンピードの裏にいるのは魔族です。僕はその魔族を探して倒します。うまくいけば魔物は王都に向かわず逃げ出すはずです。それで僕たちには南側を任せてくれませんか？」

「うむ。魔族を倒す必要があるのはわかるが……南側を任すというのは？」

「はい。冒険者の皆さんには西側を担当してもらいたいんです。戦力を二つに分けるよりも一つに集中した方が被害は少なくて済みます」

「それはそうじゃが、そうすると南側が危なくなるじゃろ？」

「はい。なので南側は僕とグランとスイムで請け負います」

「それはダメじゃ。クリフくんだけで一万の魔物は危険すぎる」

「僕だけなら陛下のおっしゃる通りだと思います。でも、僕もスタンピードが起こることをこの前の件で予想していました。一週間対策を考えて、この間、その対策ができたところです」

「対策とは？」

「このグランです。グランはグラトニースライムと言って、災厄と呼ばれるスライムです。今は人型になってますが僕の従魔です。正直、グランは僕なんかより圧倒的に強いです」

「クリフくんと一緒に来てたから誰じゃろうと思っておったのじゃが、従魔じゃと？」

「我はマスターの従魔のグランじゃ」

「私もマスターの従魔のスイムです」

グランとスイムが王様に自己紹介をした。

「陛下ならその眼でグランとスイムのことがわかると思います」

王様は僕の言葉を聞くと、魔眼を発動させた。

「ほう。魔眼じゃな。お主は珍しい力を持っておるの」

「こらグラン、陛下に向かってお主って！　ダメだろ？」

「構わん。構わん」

「すみません、陛下。ありがとうございます」

「スイムはスライムエンペラー……スライムとはいえ能力が高いのぉ〜。それにグラン、お主は何者じゃ。わしの眼でもお主のことはグラトニースライムということしかわからぬ……」

やっぱり王様の眼でもグランの能力はわからずか……って、グラン、どれだけチートなんだよ!!

お前がいると僕の存在意味ないんじゃ……もしかして主人公交代の危機!?

「魔眼程度では我を見ることはできないだろうな」

「陛下、僕の『鑑定』でもグランは測定不能と出ます」

「それほどか!?」

「我はこの世界とは別の世界から召喚されてきたからな」

「召喚!?」

「はい。グランは僕が『召喚魔法』を使って呼んだ魔物です」

「クリフくん⁉　『召喚魔法』を使ったのか？　あれは一歩間違ったら悪魔を呼び出す危険な魔法じゃぞ？」

あっ‼　ミスった。言っちゃダメなやつだった。

「え～っと……」

「我はクリフと従魔契約を結んでおるから安心してよいぞ」

グラン、ナイス！

「まあそのことはまた後で詳しく聞くとしよう。それで、グランとやら。お主なら一万の魔物を倒すことができるのか？」

「我なら簡単にできるだろうな」

「本当か⁉」

「ああ。だが勘違いしないでほしい。我はクリフの従魔だ。クリフの命しか聞かぬ」

「陛下。グランとスイムがいれば僕たちで南側は大丈夫です。なので冒険者の皆さんには、西側をお願いできませんか？？」

王様は僕とグランをしばらく見ていたが、やがて答えを出した。

「わかった。冒険者には西側の魔物を倒すように通達しよう。だが、王城の兵士は別じゃ。王都に侵入されると大混乱になるから兵士は南門と西門に配置するぞ」

「はい、それで構いません。ありがとうございます」

「クリフくんよ。負担をかけてしまうが頼んだぞ」

「セリーヌや王都の人は僕にとって大事な存在です。全力で魔物を倒してきます」

王様との話が終わり、僕たちは一度家に戻った。

南側の魔物一万と裏にいるであろう魔族との戦いの準備のために……。

第41話　王国を守れ！　激突一万の魔物⁉

僕たちは南側の魔物の群れに対処するため、南門を抜けて先に向かっていた。

「マスター、どうするのじゃ？」

「う〜ん、どうしようか？　まだ全然魔物は見えないけど、そのうち見渡す限りの魔物が現れるよね？」

「マスター、スイムが魔物を倒すです」

「グラン。魔物が一万以上ってことは、どこかに転移魔法陣があるのかな？」

「その可能性は高いな。前にマスターが見つけたって言っておった転移魔法陣と同じモノがあるか、魔族が強い魔物を連れてきて、そのために元々いた魔物が逃げ出してきたか、ダンジョンから魔物があふれ出たか……ぐらいしかスタンピードの可能性としては考えにくい」

「そうか……グランは一人で一万の魔物を倒せるか？」

「そうじゃな。まあ余裕じゃろうな。ちょっと地形は変わってしまうかもしれんが……」

「地形が変わる？」

「そうじゃ。大規模魔法を使えば魔物なんて一発よ。向こうでも大規模魔法を使って、その一帯は何もなくなって大変だったな」

まじか～。それはそれで問題だよな……。

「ははっ。じゃあ、ここの魔物はグランに任せる。けど、なるべく大規模魔法は使わない方向でお願いできるかな？　倒した後に何もかもなくなっちゃうと……」

「わかった。なんとかやってみよう。マスターはどうするのじゃ？」

「ああ。スイムと一緒に先に転移魔法陣を破壊してこようと思う。もしかしたらその魔法陣の近くに魔族がいるかもしれないけど、その場合は魔族を倒してくるよ」

「それがいいか。わかった。気をつけるんじゃぞ」

「わかった。西門は他の冒険者たちが対処してると思うから、こっちが片付いたら西側の応援に行こうと思う」

☆

僕はグランと別れて、スイムと一緒に南側を進んでいく。空を飛んで進んでいるうちに魔物の群れが見え始めた。

「見えてきた。これは想像以上にやばいな」

見渡す限りの魔物が王都を目指して進んでいるのが見えた。

「ピキピキー」

スイムは一緒に飛ぶためにスライムの姿に戻っているので、今は僕の頭の上に乗っていた。人型じゃないので言葉はピキーに戻っていた。

「とりあえず、発生元を探すのが先だな。ここである程度魔物を倒しておきたいけど、MPは温存したい。魔物はグランに任せるか」

僕は『インビジブル』の魔法を使って魔物に気づかれないように進んでいくことにした。

「魔物、魔物、魔物だな～」

眼下には魔物がうようよといた。

「ここで地上に降りたらさすがに僕も死んじゃうよな。それにしてもこんな大量の魔物、転移魔法陣で来たとしてもどれだけいるんだ？　って感じだな。魔国ってそんなに魔物がいるのか？？」

空を飛ぶ魔物や体長が大きい魔物もいたが、僕は気づかれることなく進んでいた。しばらく進むと魔物の発生元にたどりついた。

「あそこだな。……やっぱり転移魔法陣がある……三つ⁉」

そこには転移魔法陣が三つあり、そこから魔物が続々と現れていた。そして魔法陣のそばには予想通り魔族がいて、『転移』されてくる魔物を王都方面に向かって誘導していた。

どうする？　やっぱり魔族がいたぞ。しかも二人。前に見つけた魔族とは違うみたいだ。魔族二人を相手にできるか……。

『鑑定』して能力を確認したいところだが、今は『インビジブル』で相手に気づかれないようにしている。『鑑定』を使うことで存在が魔族にバレるとまずいと考え、僕はその場で止まった。

「スイム。魔族が二人いるから、このまま気づかれないように近づいて、デュランダルでまず一人倒す。その後は多分気づかれると思うから、もう一人と戦う。スイムはその間に転移魔法陣を破壊して周囲の魔物をお願いできるかな？？」

「ピキッ」

「よし。じゃあ行くぞ!!」

僕は魔族に向かっていった。

☆

一方その頃、王都の西門では――

ギルドマスターのヨハンの指示で、西門には冒険者が続々と集まっていた。

SランクからCランクの冒険者が、緊急依頼として西側のスタンピードの対処のために集まっていた。総数約三百人だ。

ヨハンとSランク冒険者のダッシュが話している。

「ギルマス、スタンピードは乗り切れると思うか？」

「大丈夫だろ。と言いたいが、今のところはなんとも言えんな。僕もここまでのスタンピードは体験したことがない。だが、ダッシュたちSランク冒険者や他の冒険者もいる。なんとか被害を少なくして乗り切りたいものだ」

「全くだな。それよりも南側からも魔物が来るんだろ？　そっちは大丈夫なのか？」

「ああ。あっちは秘密兵器があるみたいで、そいつに任せてるよ」

「秘密兵器？」

「ああ、陛下の秘蔵っ子さ」

冒険者たちはヨハンとSランク冒険者の指示の下、西門を出た所に『土魔法』で壁を作っていた。その壁の上から魔法を放つ作戦のようだ。

「よし。お前ら、スタンピードって言っても、要は魔物が大量に来るだけだ。こっちも三百人いるんだ。報酬は出る。みんなで王都を守ろうぜ」

西側の防衛戦も始まろうとしていた。

☆

『インビジブル』で姿を隠しながら転移魔法陣のそばにいる魔族に向かっていく。気づかれる前に一人の魔族を倒してしまう作戦だ。『インビジブル』の魔法を使って透明になっているが、いつ気づかれるかわからないので、一瞬で近づいて最大威力の攻撃で倒そうと決めていた。

僕は見た目で弱そうな魔族を先に倒すことにした。強そうな魔族に向かっていき、倒せなかったら二対一になって形勢が不利になると判断したからだ。

行動を開始した僕の動きはすばやかった。魔族の背後に回ると即座に神剣デュランダルを召喚して魔族に切りかかった。予想していなかった攻撃に魔族は為《な》す術《すべ》もなく、上半身と下半身が分かれて上半身が地面に倒れた。

でもそれぐらいではすぐに復活する。そんなテンプレを危惧した僕は、その後、魔族の上半身と下半身に『火魔法』を放って、完全に消滅させた。

よし。これで魔族は残り一人だ。

「誰だ!?」

もう一人の魔族が、異変に気づいて声を上げた。

そりゃバレるか。まあ、一人倒せたからよしとするか。

「そこか!!」

魔族は魔法を放ってきた。僕はその魔法を避けた。そして話をするために、僕は『インビジブル』を解除した。

「お前は魔族か？　この魔法陣はなんだ？　魔物を連れてきて何をするつもりだ？」

「お前は何者だ？　……まあいい。これは転移魔法陣だ。これで魔国から魔物を連れてきて王都を壊滅させるのだ」

まあここまで魔物を大量に見てきたから、それは知ってるけどね。少し情報を得るために探るか。

「なんで王都を壊滅させるんだ？」

「王国が邪魔なんでな。そのために魔物を呼んで王都に向かわせている。大量の魔物が王都を破壊するんだ。考えただけで楽しいだろ？」

「ここ以外からも攻めているのか？」

「さあな」

西側のことは言わないか……でも、一斉に向かってきていることを考えると、西側も、僕が破壊した北側も全て同じ魔族の仕業《しわざ》の可能性が高いよな。

「王都に魔物を向かわせるわけにはいかない。お前はここで倒す」

僕が魔族と話している間に、スイムが『ブレス』で転移魔法陣を破壊した。

「何!?　もう一人いたのか？　……スライム!?」

「スイム、ナイス!!　これでもう魔物は現れないぞ。スイム、あとは適当に魔物の討伐をしてくれ。それでグランと合流できるならそのまま合流してくれ。僕はこの魔族を倒したら合流する」

「ピキッ！」

「俺を倒すだと!?　さっき倒したやつと同じにするなよ。いきなり切られたりしなければ、お前なんぞすぐに殺してやる。まああいつは弱かったからここで死んでよかったかもな」

魔族との戦いが始まった。魔族は空に飛び上がり魔法を放ってくる。周囲への影響を考えて、僕は『水魔法』で魔族の攻撃を相殺していった。

「なかなかやるな。だが、そこからじゃここまでは届かない」

魔族は連続で魔法を放ってくる。相殺することはさほど難しくないので、僕は魔族が放つ魔法を全て相殺した。

僕が空を飛べないと思ってるのかな？　まあ空を飛べる人間は少ないけど……このまま防御だけしてても埒《らち》が明かないな。

僕は魔族の後ろに『転移』してデュランダルを召喚、そのまま切りかかった。魔族はそれに気づいたのか、距離を取った。

「へぇ～。今のを避けるんだ。けっこう強いんだね」

「お前……何をした？　それに……空も飛べるのか？」

「まあね。それよりもここで引き返すなら見逃すよ。大量の魔物もどうにかしないといけないしね。

どうする？」

「ははは。何を言うかと思えば。お前の方こそこのまま俺と戦っていていいのか？　早くしないと魔物どもが王都を破壊してしまうぞ？」

「それこそ問題ないよ。僕の仲間ががんばってるからね」

「ならお前を殺して、俺も直接王都に向かうとするか」

「それはさせないよ。お前は僕が倒す！」

僕はデュランダルを振って斬撃を飛ばした。魔族は避けきれないと思ったのか、両腕でガードする。しかし完全には防ぎきれずにガードした腕から血が流れた。

よし。このまま攻めればこの魔族も倒せそうだな。

僕は斬撃を飛ばしながら魔族に向かっていった。そのままデュランダルを振って魔族の腕を切り飛ばす。

「何⁉」

血飛沫《ちしぶき》を上げた腕を押さえながら、魔族はそのまま距離を取った。

もしかしてまだ何か切り札があるのか？　それとも逃げるのか？

魔族がどう出てきても対処できるように目を離さずに待った。

「クソッ、こんなの聞いてないぞ。予想外だ」

魔族はそう言って踵《きびす》を返して逃げようとする。

「させないよ」

僕は魔族のそばに『転移』してデュランダルを振り落とす。魔族は為す術なく、身体が左右に分かれてそのまま地上に落ちていった。

「ふ～。なんとか南側は行けたな。スイムは……大丈夫そうだ。魔物を見に行くか。あの魔族に命令されて動いてたんなら、これでなんとかなるだろ。数が多いからそのまま王都に向かうかもしれないけど、グランなら心配ないしな」

僕は魔族との戦いを終えた。だがまだ南側の魔物と西側の魔物と魔族が残っている。僕は休む間もなくグランの元へ向かった。

第42話　グラン率いるスライム軍団！　無双中‼

一方グランの方は――

南側の魔物が群れとなって王都に向かっている。

グランは地上に立ち、一万を超える魔物の群れを眺めていた。

「マスターは行ったか。まあマスターなら魔族ぐらい余裕じゃろ。それよりもこの魔物の群れは壮大だな。久々に力を出せそうじゃ。どうしようかの～」

グランは見渡す限りの魔物の群れをどのようにして倒すか考えていた。どのようにするか、ではなく、どのように倒すか！　である。グランには一万体以上の魔物を見ても倒せる余裕と実力があった。

「マスターにあまり地形は破壊するなと言われておるからの～。かと言って、ちまちま倒してたんじゃ王都に向かってしまうしの～。しょうがない、あの手で行くか」

グランが魔法を唱えると、赤いスライムが何匹も現れた。

「よし！　好きなだけ食べてこい。マスターからやりすぎるなと言われてるから、スライムたちの餌にすることにしよう」

現れたスライムたちはピョンピョン跳ねながら魔物に向かっていった。スライムの群れはまるで赤い波のようだった。

一匹一匹は小さいスライムだが、魔物を見つけると大きくなって取り込んでいく。魔物を取り込んだスライムは、取り込み終わるとまた小さなサイズに戻る。取り込まれた魔物はどこに行ったんだ？　という感じである。踏みつぶされて終わるようなサイズの差ではあったが、時間が経つにつれて魔物の数はどんどん減っていく。逆にスライムは魔物を取り込み、さらに数を増やしていく。

魔物の群れが占めていた南の草原は赤く赤く染まっていった。まるでオセロの盤上で片方がもう片方を一気にひっくり返すように。ただ魔物も後から後から向かってくるので、数が減っているようには見えない。ある一定の線を越えると消えるように減っていく感じである。

「さすが我のスライムたちだ。安心して見ていられるのぅ。じゃが……空からも魔物が来たか。さすがにあれは我が相手をしようかのう。上空に向かって魔法を放つ分には地上が荒れることもないしの」

グランは空から向かってくるワイバーンやサキュバス、イーグルなどの魔物に対して魔法を放った。魔法は魔物に当たると「ドゴーン」と大きな音を立てて周りを巻き込んだ。

戦いというよりも圧倒的強者による狩りである。グランたちスライム軍団は魔物の脅威もなんのその。次々と魔物を倒して取り込んでいく。順調に取り込んでいくうちに、不意に魔物の群れが少し乱れてバラバラに動き出した。

「魔物の動きが変わったのぅ。これはマスターがやってくれたか。よく見ると魔物の目がさっきまで赤かったのに、元の色に戻っているのぅ。今までは誰かしらの命令を受けていたか、操られていたって感じじゃな」

魔物の目が赤くなくなり、移動がバラバラになったため、グランはクリフが魔族を倒したのだと思った。魔族がいなくなっても全体的に北に、王都に向かって魔物は進んでいた。指揮官を失えば魔物は逃げていくと予想していたが、魔物の群れは全体的に北に向かって動いていたので、今さら向きを変えることはできなかった。

動きが変わっても、グランたちスライム軍団のやることは変わらない。目の前の敵を取り込んで減らしていく。そのうちに魔物の数が減ってきたのが目に見えてわかるようになってきた。

するとクリフが空を飛んでグランと合流した。

「グラン、お待たせ。これは……？　すごいね」

クリフは目の前に見えるスライムの群れ、赤い波を見てグランに尋ねた。

「そうじゃろ。我の分身たちじゃ。マスターがあまり破壊するなって言ったから、こいつらを使うことにしたんじゃ」

「さすがグランだね。ありがとう」

「それよりもマスター。魔族はいたのか？」

「ああ。転移魔法陣が三つあって、そこに二人の魔族がいた」

「グラン姉様、スイムもがんばったです。マスターに言われた魔法陣を破壊したです」

『人化』したスイムが褒めて褒めてとグランに自分の成果を伝えた。

「ああ、スイムは転移魔法陣を破壊したんだ。その後、後方から魔物を倒してくれて」

「スイム、がんばったんじゃな。偉いぞ」

「はい」

スイムは『人化』してから同じスライムのグランを姉様と呼ぶほど慕うようになっていた。

「魔族はどうなったんじゃ？」

「僕が二人とも倒したよ。先に一人倒して二対一にはならなかったからね。こっちの魔物はどう？　減ってるとは思うけど、まだまだたくさんいるね」

「うむ。マスターが魔族を倒した後は、王都に向かう命令も解除されたとは思うが、北に向かう流れはすぐには止まらんようじゃ」

「なるほどね。でもグランのスライム軍団？　すごいね。次々と魔物が消えていってるよ」

「まあ我の分身じゃからな」

「こっちはなんとかなりそうだから、王都の西側を見てくるよ。ここから北西に進めば見えると思うから」

「わかった。こっちの後始末は我とスイムに任せるのじゃ」

「ああ。頼んだよ」

「マスターも油断するなよ。向こうにも魔族がおると思うぞ」

「わかってるよ。『インビジブル』で姿を消しながら行くから大丈夫だよ」

クリフはグランとスイムと別れて、冒険者たちが対処している王都の西側へと向かっていった。

☆

クリフたちが王都の南側で一万を超える魔物の群れや魔族と戦っている間、西側でも魔物の群れが王都に向かって進んでいた。

王都側の戦力は冒険者三百人で、Sランクパーティーが一組、Aランクパーティーが五組、その下にBランクとCランクの冒険者たちがいる。

西側では冒険者による土の壁が建っていた。厚さは二メートルほどで、それが二百メートルほどの幅になっている。壁の上には弓を持った冒険者と魔法使いが控えている。だいたい八十人だ。壁の前には近接戦闘が得意な冒険者が待機している。Sランクパーティーと Aランクパーティーをリーダーとして六つのグループに分かれていた。

全体を指揮するのは王都のギルドマスターのヨハンと、Sランクパーティー『真実の翼』のリーダーでSランク冒険者のダッシュだ。

「よし、準備は整ったな。魔物が見えたら魔法で一斉攻撃だ。なんせ一万以上の魔物だ。魔物の数をとにかく減らすんだ」

ヨハンは壁の上から待機している冒険者に指示を出す。

「ギルマス！　魔物が見えてきたぞ。やべぇなありゃ。見渡す限り魔物だぞ……」

「よし。魔法部隊！　行け!!」

ヨハンの号令で魔法使い五十人が一斉に魔法を放った。レベルの差と属性も違うので多少の誤差はあったが、全ての魔法が魔物に当たる。「ドゴーン」という大きな音と煙で魔物の姿が見えなくなった。

「やったか!?」

フラグ……とも言える言葉を冒険者の一人が口にする。案の定、煙が晴れる間もなく、その煙を越えて魔物が押し寄せてくる。魔法で魔物の数が減っているのは間違いないが、元が大量のため、減った数を確認することはできなかった。

どんどん迫ってくる魔物に対して、ヨハンは再度魔法を使うように冒険者に指示を出す。再度「ドゴーン」という音とともに魔物が吹き飛んでいくのが見える。

魔法が当たっていない魔物は次々と壁に向かってくる。冒険者も百二十人ほどが魔物の群れに向かって突撃していった。突撃しているのはAランクとBランクの冒険者だ。Cランクの冒険者は魔物を迎え打つために壁の前で待機していた。

魔物と冒険者が激突した。

AランクとBランクの冒険者が次々と魔物を倒していくが、魔物の数は全然減ったように見えなかった。

魔物の死骸が増えて動きが鈍くなったが、後から後から新しい魔物が迫ってくる。魔物を倒しても倒しても迫ってくるので冒険者たちも苦戦していた。

魔物を確認してからどれくらいの時間が経っただろうか……王都の西側に作った壁の前は冒険者、魔物、死んだ魔物でごっちゃごちゃになっていた。冒険者たちのおかげで壁は破られていない。だが、彼らのスタミナはどんどん減っている。それに比べて魔物の群れは次から次へと現れる……壁が破られるのは時間の問題だった。

「そろそろ壁が破られるぞ。どうする？　ギルマス？　一度王都まで避難するか？　あそこまで避難すれば兵士たちもいるぞ？」

「そうだな……負傷者は王都まで避難しろ！　王都に『回復魔法』を使える者を待機させている。壁を捨てて王都に一旦避難するぞ」

ちょうどその時、クリフが壁の上に現れた。テンプレとも言うべきナイスなタイミングで。

クリフはグランとスイムと別れた後、西側の応援のために空を飛んで向かった。飛んですぐに魔物の群れを見つけた。

「やっぱり西側でも魔物が王都に向かってるな。こっちの方も元を絶たないと魔物が減っていかないぞ」

クリフは魔物の発生場所に向かおうとした。が、次の瞬間、王都の前に見える壁に魔物が多数迫っているのを見て、壁の上に『転移』した。

「先にこっちを対処しないと王都がもたないな。出し惜しみしてる場合じゃないぞ。発生元をなんとかしたいが、まずは王都の前の魔物を倒す方がいいな。そのためにグランと訓練したんだし」

壁の上に立つと、知っている顔が目の前にあったので安心する。

「ヨハンさん‼　よかった。南側はなんとかしてきました。今は僕の従魔が魔物の群れを処理しています」

「クリフくん‼　無事だったか。よかった。なんとかしてきたとは？」

「今は詳しく説明している暇はありません。とりあえず南から魔物が王都を襲うことはなくなりました。今はこっちをどうにかしましょう」

クリフは味方の冒険者に当たらないように、魔物の群れに向けて魔法を連続で放った。冒険者が近くにいない所には大規模な魔法を、冒険者の近くにはピンポイントで魔物に当たるように。クリフが放った魔法の数は千を超えただろう。それを同時に操って近くの魔物を掃討した。

「これでしばらくは大丈夫だと思います。この魔物たちは魔族から命令を受けて王都に向かってるみたいです。僕は発生元に向かって原因の対処をしてきます。南側と一緒なら、発生場所に魔族がいるはずです」

クリフはそれだけ言うとそのまま発生元に飛んでいった。


ヨハンがクリフが飛び立ったのを眺めていると――

「おい、ギルマス。あの子はなんだ？」

Sランク冒険者のダッシュがヨハンに駆け寄ってきた。

「ああ。あれが言ってた陛下の秘蔵っ子さ」

「あいつがそうなのか……規格外っぷりが半端ねぇな」

「ああ。色々聞きたいことはあったが、今はそれどころじゃなかったな。クリフくんのおかげで劣勢だったが、なんとかなりそうだ」

「全くだ。よし、みんな、魔物の群れは残り少ない。あと少しだ！　気合い入れろ!!」

ヨハンとダッシュは規格外のクリフを見送った後、冒険者たちをまとめていくのだった。

☆

王都の西側に迫っていた魔物を一掃した僕は、魔物たちの発生源へと向かっていた。南側と同じように魔族が裏で糸を引いていると思ったからだ。

「こっち側も魔族と転移魔法陣があるはずだよな。魔族の数が多いとやばいかもしれないから、一応姿を隠しておくか」

僕は『インビジブル』の魔法を使い、自分自身の姿を隠した。

王都をぐんぐん西に進んでいくと、魔物が発生しているであろう箇所に到着した。遠目で見てみると、やはり転移魔法陣が三か所展開されていた。そして同じように魔族と思われる存在が二人いた。

「やっぱり思った通りだな。どうしようか。特大魔法でまとめて破壊してもよさそうだけど、魔族たちの目的もわからないんだよな～。南と西だけで終わりならここで決着をつけるんだけど、もし他の場所や他のことを企んでいるなら生け捕りがベストだよな」

そもそも僕はここで特大魔法で魔族二人と転移魔法陣を一気に破壊する方法を考えていた。と言うのも、王都の南側の時と違い、今回はスイムがいない。魔族を早々に倒すとともに転移魔法陣も破壊しないと、魔物は次から次へと現れるからだ。

だが、魔族の目的がわからなかった。何人の魔族が今回王国を攻めているのか？　目的はなんなのか？　わからないことが多い中で、簡単に魔族を殺すことは今後マイナスになると考えて、僕は慎重に行動することにした。

「よし、やったことはないけど拘束することにしよう」

僕はまず転移魔法陣を破壊するために、得意の青い『ファイヤーボール』を三個作り出して転移魔法陣目がけて放った。魔族が魔法に気づいたが、もはや手遅れ。僕の魔法は転移魔法陣にそれぞれ直撃した。大きな爆発が起こり、転移魔法陣は跡形《あとかた》もなく消え去った。

魔族が魔法が放たれた方に目を向けたが、そこには何もなかった。僕は魔法を放った後、即座に魔族の後方へと『転移』していた。『転移』した僕は魔族二人に向けて魔法を放った。

「アースバインド」という『土魔法』で作ったロープのようなモノで魔族を拘束した。これも僕が『創造魔法』で作り出したのだ。

「よし。うまくいったな」

僕はアースバインドで拘束した魔族に近づいていく。

「お前たちが王国に魔物を放った魔族か？　目的はなんだ？」

「いつの間に……お前は何者だ？　……くっ、動けないぞ」

「これは魔法か!?」

「悪いけど拘束させてもらったよ。それと転移魔法陣も破壊したよ。お前たちは王国に魔物を放って何がしたいんだ？　これはお前たちの仕業か？　それとも魔王に指示されたのか？」

「お前みたいな子どもに言うことは何もない」

「早くこの拘束を解け！」

僕は片方の魔族の首に神剣デュランダルを突き付ける。

「別に僕はここでお前たちを殺してもいいんだよ。王都の南側にいる魔族も殺したし、そこから発生してた魔物も討伐済みだ。あとはお前たちを倒せば王国の危機はなくなるからね」

「なんだと!?」

「お前が仲間を倒したと言うのか？」

「仲間……ね……。そうだよ。王都の南側にも二人の魔族がいたからね」

僕は魔族の特徴を話しながら南側の状況について語った。

「わかった。どうやらお前の言ってることは本当らしいな。俺たちも命が惜しい。言えることは話すから命だけは助けてくれ。どのみち俺たちも命令されてしただけだからな」

「そうそう。そうやって素直になればいいんだよ。それで命令って誰にされたの？　魔王？」

「魔王様ではない。魔王様は侵略に関しては慎重になっている。勝手に侵略してはならんといつも言ってるからな。だが、人族の国に侵略したい魔族はごまんといる。俺たち下っ端は上位の魔族には逆らえない。ここで転移魔法陣を見ていたのもそうしろって言われたからだ」

「その上位魔族はこっちに来てないの？」

「ああ。だいたい下っ端に命令したら自分たちは魔国で報告を待ってるだけだ」

「なるほど。どこの国でも同じようなことが起こってるんだね」

「で、俺たちはどうなるんだ？」

「一応、王都まで来てもらうよ。捕虜《ほりょ》としてね。色々話してくれたら死刑だけはやめてもらえるように王様に頼んであげるよ」

とりあえずこの二人の魔族は少しは話がわかりそうだ。どうやら魔族も上位の存在が色々とやっているらしい。魔王の知らないところでやっているとか聞くと、王国で言う、能力が高くないのにむちゃくちゃ言う貴族にそっくりな感じだな……。


二人の魔族を生け捕りにした僕は、王都の西側まで戻った。そしてヨハンさんを見つけると駆け寄った。

「ヨハンさん。魔物の発生元にあった転移魔法陣は破壊してきました。もう魔物は襲ってこないと思います。それで転移魔法陣の近くにいた魔族を拘束したので連れてきました。この魔族はもう戦う意思はないので大丈夫です。後のことは任せてもいいですか？」

「ああ。色々と聞きたいことはあるが……まあそれは後日にしようか。とりあえずスタンピードは収まった。みんなー！　よくやってくれた！」

ヨハンさんが冒険者にスタンピードの終了を告げると一斉にみんなから安堵した声が上がった。

「では僕はこれで……今日はちょっと疲れたんで家に帰ります」

「ああ。話は後日聞かせてくれ。落ち着いたらギルドに来てくれるかい？　もしかしたら城から呼び出しがかかるかもしれないけど……」

「わかりました。じゃあ僕はこれで失礼します」

疲れたよ……早く帰って休みたい。

ハードに動き回った僕は疲れていたので、王都に到着後、すぐに自宅に戻ってベッドに倒れ込んだ。

第43話　王国の危機を救い、しばし休息タイム

スタンピードを無事に乗り切った僕は、自宅にいた。

新居に引っ越した日に王城に呼ばれ、そのままスタンピードに対応し、日をまたいで王都の南側と西側の魔物や魔族を討伐し……とハードな日を過ごしたので、しばらくゆっくりしようと思っていた。

「あれから魔族は攻めてこないみたいだし、西側と南側とワイバーンがいた北側からの襲撃だけだったみたいだね。そういえば、初めに会った魔族とは会わなかったな……」

今回の件で僕は魔族五人と遭遇していた。

一人は北のワイバーンがいた所。その魔族は戦闘後に逃げていた。南側では二人の魔族と遭遇。この二人は討伐した。西側にも二人の魔族がいたが、この二人は拘束して現在は王城にて監禁されている。

「マスターのおかげで王都が救われたのじゃな。さすがマスターじゃ」

「僕だけの力じゃないけどね。グランやスイム、それに冒険者たちもみんながんばってたよ」

グランは南側の魔物を一網打尽にした。西側の魔族を拘束した後、転移魔法陣が破壊された後、グランとスイムは残った魔物を一体残らず倒した。話を聞くと、僕が自宅に帰ると既にグランとスイムは戻ってきていた。スライム軍団とスイムが中心となって魔物の群れを倒していったらしい。

「それでも魔族を倒したのはマスターじゃろ？」

「まあそうだけどね。グランや冒険者たちが魔物を討伐してくれたからね」

「スイムもがんばりましたよ」

「ああ、スイムもよくやってくれた」

スイムはメイド服を着て、身の回りのお世話をしてくれている。『人化』を覚えたことで家事をするようになっていた。

「マスターがいれば魔王とやらも大丈夫じゃろ？　我から見ても今のマスターはかなり強いぞ」

「どうだろう……」

グランに言われてもな〜。グランはいまだに能力が測定不能だから、僕より確実に強いもんな……。

僕は自分のステータスを眺めていた。

【名　前】クリフ・ボールド
【年　齢】11歳
【種　族】人族
【身　分】辺境伯家次男
【性　別】男
【属　性】全属性
【加　護】創生神の加護・魔法神の加護・剣神の加護・武神の加護
戦神の加護・愛情神の加護
【称　号】（転生者）・神童・大魔導士・Bランク冒険者
大賢者の再来・Bランクダンジョン攻略者
学校首席・勇者のライバル

【レベル】１２０
【ＨＰ】１２００００
【ＭＰ】３０００００
【体力】２００００
【筋力】２００００
【敏捷】２００００
【知力】２００００
【魔力】１２００００
【スキル】鑑定・アイテムボックス・全魔法適性・隠蔽・全武器適性
無詠唱・身体強化・気配察知・消費ＭＰ軽減・戦闘補正Ｓ
状態異常無効・転移魔法・創造魔法・限界突破
全魔法ＬＶ10・全武器ＬＶ10

レベルが１００を超えたけど、『限界突破』のスキルがあるってことはまだまだ限界じゃないってことだよな〜。まあチートと言えばチートだと思うし、Ｓランク冒険者のダッシュさんよりも能力値は上だから、Ｓランクの能力はあると思う。ただ……グランを見ると、グランの方がよっぽどチートなんだよな〜。

僕はグランが南側の魔物を討伐する時に使ったスライム軍団のことを思い出し、グランってチートキャラだよな、と改めて思った。

【名　前】スイム
【年　齢】5歳
【種　族】スライム族
【身　分】スライムエンペラー
【性　別】女
【属　性】水・空間
【加　護】スライム神の加護
【称　号】クリフの従魔
【レベル】55
【Ｈ　Ｐ】8000
【Ｍ　Ｐ】8000
【体　力】8000
【筋　力】8000
【敏　捷】8000

【知　力】　８０００
【魔　力】　８０００
【スキル】　収納（アイテムボックス）・物理無効・分裂・吸収
　　　　　　水魔法・擬態・暴食・変身・ブレス・人化

スイムもだいぶ成長したな。『人化』も覚えたし、Aランクか Sランクぐらいの力はありそうだな。僕とグランとスイムがいれば大抵の敵には勝てるだろう。ただ、魔王を倒せるかはわからないよな〜。それにあの魔族の話では魔王ではなく、別の上位魔族の指示って言ってたから、魔王以外にも敵はいそうだし……。

僕たちが家でゆっくりしていると――

「すみませ〜ん。クリフさんいますか〜」

なんか聞いたことのあるセリフが玄関から聞こえてきた。

「マスター？　誰か来たぞ？」

「前もこんなことあったね。きっと王城からの呼び出しじゃない？　僕の家を知ってる人ってそんなにいないし、前呼びに来た騎士さんじゃないかな？」

僕は玄関に行ってドアを開けた。すると前回と同じ騎士二人がドアの前に立っていた。

「あっ、クリフさん。お久しぶりです。今回も陛下がお呼びです。一緒に王城まで来てくれますか？」

「いいですよ。呼ばれるのを待ってたので。準備するので少し待っててくれますか？」

部屋に戻り、スイムたちに声をかける。

「グラン、スイム。王城から呼び出しだ。きっと魔族や今回のスタンピードのことだと思うから一緒に来てくれ」

「わかったのじゃ」

「はいです」

僕たちは準備して騎士とともに王城に向かった。

王城に着くと、王様やリッキー王子やセリーヌの王族メンバーに、ギルドマスターのヨハンさんと、Sランク冒険者のダッシュさんがいた。

「すみません。お待たせしました」

「主要メンバーがそろったから、この度の魔族襲撃の件について報告しようと思う」

こうして、王城で今回の魔族襲撃に対する報告会が始まったのだった。

☆

「よく集まってくれた。それと、この度は王国の危機を救ってくれて感謝する。お主たちがいなければ王都はかなりの被害にあっていたはずじゃ」

「いいってことよ。こんな時のためのSランクだからな。報酬ももらってるんだ」

「ダッシュよ、お主は相変わらずじゃな」

「僕も王都にはセリーヌや友人がたくさんいます。守るためにできることをしただけです」

「陛下、冒険者もがんばってくれましたが、今回の功労者はやはりクリフくんたちでしょう。魔物だけでなく、魔族も討伐していますので」

「そうじゃな。それでヨハンよ。この度の被害はどれぐらいだったのじゃ？」

「冒険者が十人ほど死んでおります。その他重傷者二十三人、軽傷者三十人です。こう言ってはなんですが、スタンピードが発生したことを考えれば被害はかなり抑えられております」

「そうじゃな。最悪王都の住民にまで被害が出ていた可能性もあったしのぉ」

「そうですね。王都の西側の防衛線もクリフくんが来てくれなければ危なかったと思います」

「後ほど、クリフくんたちにはふさわしい褒美を与えよう」

「ありがとうございます」

「それでじゃ、拘束していた魔族から何か情報は得られたか？」

王様が問うとヨハンさんが答えた。

「王城の地下の牢屋に入れて、兵士が情報を聞き出していましたが、昨日、二人の魔族は何者かに殺されていました」

「なんじゃと!?」

まじか～。捕まえていた魔族が殺されてたとは……。自殺じゃないってことだよね。たしか、あの魔族たちは死にたくないから色々話すと言ってたから。それにしても殺されたってことは、まだ魔族たちの脅威は終わってないってことと、簡単に王城に侵入できるってことだよな。まあ、捕まえた敵が情報を出す前に殺されるっていうのは、よくあることだからそれほど驚かないけど……。

「情報はある程度聞き出していましたが、殺されたことを考えると、まだ何か重要なことを隠していたのかもしれません」

「そうか……では、まずは得られた情報から教えてもらえるかのぉ」

「はい。それでは魔族たちから聞き出したことから共有いたします」

尋問を担当した兵士が魔族から聞き出したことをまとめて伝えた。

詳細はこうだった。


今回襲撃した魔族たちの目的は、王都を攻撃して王国を混乱させることだった。襲撃は王都の西側と南側と北側の三か所から、魔法陣で魔国から魔物を『転移』させて王都に向かわせる計画だった。首謀者は上位魔族で魔王の側近だった。

魔王は他国への侵略に関しては消極的らしい。他国への侵略をよしとしない魔王に納得できず、他国への侵略を積極的に行いたい派閥の魔族たちが王国を攻めたとのこと。
当初は帝国と王国を同時に襲撃する予定だったが、途中から帝国はやめて王国だけを襲撃することになった。

なるほど。過激派が攻めてきたって感じか……まあ状況はだいたい把握できた。どこにでもある感じの問題だな。あとは帝国を攻めずに王国だけを攻めたっていうのが疑問だ。勇者がいるから帝国はやめたのか？　それとも別に何かの理由があったのか？　確認したいところだけど、もう魔族はいないからな。それに上位魔族や過激派についてももっと知りたかったけど、こればっかりは仕方ない。

「なるほどのお～。今後のことを考えると戦力アップをしておく必要があるな。クリフくんやギルドに頼りきりになるのもよくないしのぉ」
「そうですね。私たちのスタンスはあくまで中立で、王国のために働いているわけではありません。もちろん王都にいる冒険者は家族や友人がいるから王都を守りたいっていうのはもちろんあります。ただ、冒険者は王国や王都だけに留まる存在ばかりではありませんからね」
そうして報告会は終了した。

「クリフ様、今日はお疲れ様でした。それと王国を救っていただいてありがとうございます」

「セリーヌもお疲れ。あと報酬の件、ありがとうね」

「いえ。クリフ様なら当然の権利です」

僕は王国を救ったことと魔族を倒したことで報酬を受け取っていた。まだ成人になっていないことと僕自身がその辺りのことに興味がなかったために、爵位ではなく、金銭での報酬となった。金額は金貨三千枚だった。

さらに、冒険者ギルドでも僕は最短でのSランク冒険者となった。異例だが、実力のある者はそれなりのランクにしておかないとギルドの損失である、とヨハンさんが言っていた。

ここに最年少及び最短でのSランクの冒険者が誕生したのだった。

王国の危機を救って魔族を倒した僕は、王都では英雄となった。魔族の脅威や勇者の動向など、気をつけることは多かったが、今は魔族を撃退して平和になった王都でゆっくりと過ごすことを決めたのだった。

第44話　王国の噂を聞いた帝国は……

「パインよ、聞いたか？　魔族が王国を攻めたらしいぞ。だが、あのクリフという少年が魔族を撃退したみたいだな」

「知ってるよ。スタンピードも起きてたんだろ？」

「さすがに知っているか。その通りだ。それにしてもクリフはやばいな。王国では英雄と呼ばれてるらしいぞ」

パインは「くそっ‼　せっかく困ってるところを助けてやろうと準備してたのに、無駄にしやがって。魔族のやつらは何やってるんだよ。せっかく俺が王国に行って魔族を倒して勇者っぷりをアピールしようとしてたってのに」と悔しがった。

パインは帝国に現れた魔族を返り討ちにして、攻めるなら王国にしろと魔族を王国へ誘導していた。そのため、パインは魔族が王国を攻めることを知っていた。そして攻められた王国が帝国に助けを求めると思って、密かに準備していたのだ。だが、結果はクリフが魔族を返り討ちにして英雄と呼ばれるようになっていた。

「英雄がなんだよ。俺は勇者だぞ！」

「わかっている。が、お前はまだ何も功績を上げておらん。まあ、まだ成人していないからな。それはしょうがないんだが、クリフは功績を上げて英雄になった。しかも史上最年少でのSランク冒険者だ」

「あいつがSランク冒険者⁉」

「ああ。魔族を倒したんだ。それぐらいの実力があるのだろう」

それを聞いたパインは「くそっ。なんであいつばっかり。俺は勇者だぞ？　王国の王女もクリフの婚約者って言ってたし気に食わないな」とさらに悔しがって言った。

「俺もすぐに功績を上げてやるよ。俺の実力ならSランク冒険者もすぐだろ？」

「そうだな。パインならそれぐらいの実力はあるだろう。だが早くしないとお前もやばいぞ。王国では勇者よりも英雄クリフが有名になっているからな。魔王のことも、英雄クリフがいれば大丈夫だとなってるみたいだぞ」

皇帝であるテキサスは「まあパインも勇者だ。功績はすぐに上げられるだろう。あとは王国のクリフにライバル心を燃やしていい方に転がってくれると帝国としてもありがたいんだがな……」とパインの実力は認めていた。性格には難があるが、それは今後直していけると思っていた。この時は……。

「わかってるよ。だが、魔王は勇者じゃないと倒せないんだろ？」

「ああ。そう言われている。勇者と聖剣でなければ魔王を倒すことはできないらしい」

パインは「くそっ。俺以外が英雄とか言われるのも腹が立つし、俺よりも人気があるのも気に入らねぇ。俺は勇者だぞ。誰よりも強いし、誰よりも人気があって当然なんだ。クリフがいなければ、王女だって俺のモノになるはずだ。あいつさえいなければ」と考えていた。

☆

パインはテキサスと話をした後、城下町をぶらついていた。とてもイライラしながら、そしてボソボソと愚痴を言いながら歩いていた。

パインは勇者の称号を得たことで自分が特別な存在だと思っていた。ほしいモノはなんでも手に入れることができ、自分は最強で、なんでも自分の思い通りになると考えていた。そのためにほしいと思ったセリーヌが手に入らなかったこと、自分と引き分けたクリフが英雄と呼ばれていることに、納得がいかなかった。

そんなパインに白いローブをまとった女が近づく。

「勇者パイン様、すごくご機嫌が悪そうですが、いかがなされましたか？」

「誰だ⁉」

「私はマイと申します。勇者様の噂を聞いて、ぜひお近づきになりたいと思い、声をかけさせていただきました。初めてお見かけしましたが、とても凛々《りり》しくてかっこいいお姿に見とれておりました。ご機嫌が悪そうでしたので、何かあったのかと思いまして……」

マイという白いローブ姿の女はパインに近づき、パインの腕に自分の胸を押し付けて誘惑しながら話をしていった。マイは白いローブではわかりにくかったがスタイルがよく、胸も大きかった。

パインはニヤッとし、足を止めて話し出した。マイの話はパインを褒める内容が多く、パインは気分がよくなっていた。話す度に胸を押し付けてくるので、ニヤニヤが止まらなかった。

「マイは俺のことをよくわかっているな」

「もちろんでございます。勇者様は私のあこがれですから。ぜひ今度冒険に連れていってください」

「いいぞ。マイに俺の戦ってる姿を見せてやる。俺は最強だからな」

「ありがとうございます。楽しみです」

パインは機嫌が悪かったのに、マイと話してすっかり気分がよくなっていた。

マイと別れた後は、そのまま気分よく帰宅したのだった。

「マイか。くくく。いい女だったな。それに俺のことをよくわかってる。そうだ。俺は勇者で最強の男だ」


パインと別れたマイは――

「あれが勇者ね。思ってた通り扱いやすそうね。邪神様の言ってた通りだわ。勇者を操ればこの世界は邪神様のモノ。楽しみだわ。まずは勇者に取り入って信用を得ないとね。その後は……ふふふ」

邪神を信仰しているマイはあやしい笑みを浮かべながら路地裏へと消えていった。

帝国ではパインが魔族を追い返し、魔族の脅威は去ったように思えた。が、邪神の脅威が迫っていた。勇者の闇落ちという脅威が……。

第5章　勇者の称号とは　勇者は不幸の塊⁉

第45話　時は流れて……

魔族が王国に襲撃して三年が経った。

僕は高等学校の最上級生になり、生徒会長になっていた。

僕たち生徒会のメンバーは明日の入学式の準備をしていた。僕たちは最上級生として式に参加する。僕はセリーヌとともに生徒会長の挨拶の内容について話していた。

「クリフ様、明日の挨拶は考えてますか？」

「うん。一応考えているよ。でも今さらながら思うんだけど、なんで僕が挨拶なんだろ？　普通は王女であるセリーヌがするんじゃないの？」

「そんなことはありませんよ。だって私は副生徒会長で、クリフ様は生徒会長じゃないですか？入学式での挨拶は王族からの祝辞ではなく、生徒会長からの祝辞ですよね？」

「まあ……それはそうなんだけど……」

「生徒会長として、私の婚約者として、下手なことは言えませんからね。台本があるなら見せてください。ここで失敗すればクリフ様の評判も下がります。もちろん私の評判や王家の評判も下がるんですよ！」

「そこまで重要なの？」

たかだか入学式の挨拶だろ？　当たり障りないようにはするつもりだけど、台本を用意したり添削してもらったりって、それはさすがに……。

「もちろんです。クリフ様の言動は今や注目の的です。入学式ともなれば様々な方が出席します。失言一つあっただけで何があるかわかりません!!」

「わっわかったよ、セリーヌ。じゃあ一緒に考えてくれる？　実はまだ全然決まってないんだ……」

「クリフ様のことですから、きっとそうだと思ってました。わかりました。この後一緒に考えましょう」

時の経つのも早いな〜。ちょっと前に入学したかと思えば、いつの間にか最上級生で生徒会長だもんな。

その間には色々なことがあった。僕はステータスを見ながら高等学校に入ってからのことを振り返っていた。

【名　前】クリフ・ボールド
【年　齢】14歳
【種　族】人族!?
【身　分】辺境伯家次男
【性　別】男
【属　性】全属性
【加　護】創生神の加護・魔法神の加護・剣神の加護・武神の加護
戦神の加護・愛情神の加護・スライム神の加護
【称　号】（転生者）・神童・大魔導士・Sランク冒険者
大賢者の再来・Aランクダンジョン攻略者・学校首席
王国の守護者・ドラゴンスレイヤー・スライム愛好家
セリーヌの婚約者・女たらし・ハーレム野郎
真の勇者!?・人類最強!?
【レベル】250
【ＨＰ】300000
【ＭＰ】800000
【体　力】99999

【筋　力】　99999
【敏　捷】　99999
【知　力】　99999
【魔　力】　299999
【スキル】　鑑定・アイテムボックス・全魔法適性・隠蔽・全武器適性
無詠唱・身体強化・気配察知・消費MP軽減・戦闘補正S
状態異常無効・転移魔法・創造魔法・限界突破
全魔法LV10・全武器LV10

なんか色々やばいステータスになってるよな。

まずは種族だよな〜。いつついたかわからないけど、いつの間にか人族が疑問形になってるし……。まあこのステータスを見れば人をやめてると言われても仕方ないと思うけど……。でも疑問形っておかしいよね？？　テンプレなら、ハイヒューマンとか半神とかって種族になるんじゃないのかな？？　あっ⁉　進化の種とか進化アイテムを使ったら種族が変わるとかあるのかな？？

種族が疑問形になったのはレベルを２００を超えてからだ。ちなみに『限界突破』スキルを持っていない人のレベルの上限は99だ。体力、筋力、敏捷、知力のステータスの上限は９９９だ。『限界突破』のスキルを持っている人はその上限を超えることができるが、この世界にそのスキルを持っている者は少ない。三年前の魔族襲撃の時に出会ったSランク冒険者のダッシュさんも、『限界突破』のスキルは持っていなかった。

称号も色々やばいよな……。Sランク冒険者とかドラゴンスレイヤーは僕のステータスならまあ驚きはしないけど。セリーヌの婚約者っていうのも、既にほとんどの人が知ってるから問題ない。問題があるのは、女たらし、ハーレム野郎、真の勇者⁉、人類最強⁉ だよな。スライム愛好家みたいにもらってうれしい称号なら問題ないけど、他の称号とか、称号って言えるの⁉ って感じだよな〜。

Aランクのダンジョンを攻略したりドラゴンを討伐したりと、僕は冒険者の行動を積極的に行っていた。高等学校に入学してからの三年間で僕の冒険者ランクはSランクになっていた。ちなみにこの時は知らなかったが、冒険者ランクは最大がSランクまでしかないが、ギルドでは世界初のSSランクを僕に与えようと動いていた。

セリーヌの婚約者に関しては、学校内では僕とセリーヌは一緒にいることが多いため、婚約しているのでは？ と入学当初から周囲の噂になっていた。僕の強さや功績、容姿から見ても文句のつけようがないことから公然と婚約の事実は広がっていた。たまにセリーヌをめぐってイチャモンをつけられることはあったが、僕に勝てる者など学校にいるわけもなく、僕に向かってきた者はすぐに叩き潰していた。

スライム愛好家は三匹目のスライムが仲間になった時に現れた称号だ。

現在、僕には、入学前にテイムしたスイム、異世界から召喚したグラン、クインというスライムが仲間としている。ちなみに三人とも女性だ。スライムばかり、しかも女性ばかり仲間になっていたが、スライムには愛着があるのでスライム愛好家の称号に関してはなんとも思っていなかった。は〜。多分、称号の女たらしとかハーレム野郎っていうのは、スライムたちのことも含めてってことだよね。

僕は仲間になったスライムたちのステータスを思い出していた。

【名　前】スイム
【年　齢】8歳
【種　族】スライム族
【身　分】スライムエンペラー
【性　別】女
【属　性】水・空間
【加　護】スライム神の加護
【称　号】クリフの従魔
【レベル】99
【Ｈ　Ｐ】12000

【MP】10000
【体力】9999
【筋力】9999
【敏捷】9999
【知力】9999
【魔力】10000
【スキル】収納（アイテムボックス）・物理無効・分裂・吸収
水魔法・擬態・暴食・変身・ブレス・人化

【名前】グラン
【年齢】3325歳
【種族】スライム族
【身分】グラトニースライム
【性別】女
【属性】火・闇・時空
【加護】
【称号】災厄・クリフの従魔

【レベル】測定できません
【Ｈ　Ｐ】測定できません
【Ｍ　Ｐ】測定できません
【体　力】測定できません
【筋　力】測定できません
【敏　捷】測定できません
【知　力】測定できません
【魔　力】測定できません
【スキル】暴食・人化・創造魔法

【名　前】クイン
【年　齢】7歳
【種　族】スライム族
【身　分】クイーンスライム
【性　別】女
【属　性】光・空間
【加　護】スライム神の加護

【称　号】クリフの従魔
【レベル】99
【Ｈ　Ｐ】12000
【Ｍ　Ｐ】10000
【体　力】9999
【筋　力】9999
【敏　捷】9999
【知　力】9999
【魔　力】10000
【スキル】収納（アイテムボックス）・物理無効・分裂・吸収
光魔法・擬態・暴食・変身・人化

たしかスライム神の加護がついたのも、クインを仲間にしてからだったよな。僕って本当スライムに縁があるよな。まあスライムは嫌いじゃないし、どちらかと言えば好きだから、今後も縁があったら増やしてもいいかもね。

クインを仲間にしたのはAランクダンジョンを攻略した時だった。最下層のボスがクイーンスライムだったのだ。ダンジョンのボスモンスターが仲間になることは普段はないが、倒した後で、クインが仲間になりたそうにこちらを見ていたのでテイムしたら成功した。

スイムが青、グランが赤、クインが黄色のスライムで、それぞれが『人化』できる。スイムとクインは十歳ぐらいのかわいらしい女の子で、家ではメイド服を着て身の回りの世話をしている。グランはスタイルのいい大人の女性だ。はたから見れば僕のお姉さんって感じだった。

それにしても、クインが黄色いスライムだから、信号機かよ!? ってその時に突っ込んだんだったよな。今となってはなつかしいな。

スイムもクインもレベルがカンストしたから『限界突破』のスキルをなんとかして取得させてやりたいし、グランに関してはいまだにステータスが測定できないんだよな〜。僕が『限界突破』して成長していってもグランにだけは勝てそうにないな……。

高等学校へは一人で行っていたが、冒険者活動など、学校以外では『人化』したスライムたちと行動していた。はたから見れば男性一人に女性三人で行動しているように見えるので、女性を侍《はべ》らせているハーレム野郎に映っている。スライムたちだけではなく、セリーヌや他の女性と王都を歩くことも多々あり、僕は王都の人々から様々な女性と一緒にいるところを見られて、女たらしとも言われていた。

ハーレム野郎っていうのと女たらしっていう称号はひどいよね。なんていうか、言葉がひどい……たしかに『人化』したスライムたちと一緒にいたらハーレムに見えるのはわかるし、ハーレムを目指してるから称号がつくのも納得はできるんだけど……野郎って!! でも一番の問題は真の疑問形の称号って……。何⁉ 勇者⁉ と人類最強⁉ って称号だよね。何⁉ 疑問形の称号って……。

実はこの疑問形の意味は、この世界には勇者が存在するので、今はまだ勇者ではないが限りなく勇者に近い、ということだった。人類最強⁉ も、この世界では最強だが、異世界ではグランのように僕より強い存在がいるので疑問形になっているということを、この時の僕はまだ知らなかった。

ステータスを見ながら過去を振り返っていると——

「クリフ様‼ 聞いてますか？ クリフ様？」

「えっ？？ 何？？ セリーヌ？」

「もう‼ 全然聞いてなかったでしょ‼ 明日の入学式、どうするんですか？」

「ごめんごめん。いつの間にか最上級生なんだなって、今までのこと考えてボーっとしてたよ」

「もう。ちゃんと考えてください。入学式は明日なんですよ。それにスピーチするのはクリフ様なんですからね」

「うん。わかってるよ……よし、がんばろう‼ セリーヌ‼ 明日の入学式、成功させようね」

高等学校に入学してからのことを考えていたが、明日の重要なイベントに向けて、僕はセリーヌと打ち合わせをしていくのだった。

☆

今日は高等学校の入学式だ。参加者は高等学校に今年入学する生徒、その保護者、先生たち、上級生のうちの何人かだ。僕は生徒会長なのでもちろん出席している。セリーヌも一緒だ。セリーヌは副会長として参加している。

「セリーヌ、ちょっと緊張するな～」

「大丈夫ですよ、クリフ様。いつも通りにすれば問題ありませんよ」

「でもさぁ～。去年みたいに問題児がいたらどうするんだよ？」

「その時は去年みたいにクリフ様が対処すればいいだけですよ」

「そりゃまあそうだけど……」

ちなみに僕は今年で生徒会長二期目だった。例年最上級生が生徒会長を務めるのだが、入学一年目で学校一の実力を見せつけてしまった僕は、二年目で生徒会副会長を、三年目は生徒会長を務めていた。

セリーヌも去年から二期目の副会長だった。

今年の生徒会長の挨拶で僕が緊張していたのは、去年の入学式に原因があった。

去年の入学式で生徒会長として僕が挨拶をしたところ、一人の生徒が飛び出してきて絡んできたのだ。

いきなり僕に向かって魔法を放ってきて、会場は大騒ぎになった。

一瞬の出来事だったが、周りに被害が出ないように僕が『防御魔法』を展開したので、生徒や保護者は無事だったが、会場には大きな被害が出た。

僕が問題を起こした生徒を気絶させてその場は事なきを得たのだが、問題を起こした生徒というのが、本来その年に生徒会長になる予定だった最上級生の弟だったのだ。

その生徒にこんなことをした理由を聞いたところ、返ってきた答えは「実力もあって、モテモテで、実績もすごい。リア充爆発しろ!!」だった。

それを聞いた僕は、それは仕方ないなと思ったのだった。


「まあ、クリフ様に嫉妬する生徒は多いので、仕方ないかもしれません」

「だよなぁ～。自分でもできすぎだよって思うもんね」

「その通りです。もう少し自重してください。この前も後輩の女子生徒に褒められて鼻の下が伸びてましたよ」

「えっ⁉」

「もう！　気づいてるんでしょ！　気をつけてください」

「はい……」

周囲は僕がセリーヌと婚約していることは知っているが、この世界は一夫多妻制である。なので、婚約者がいても第二婦人や第三婦人、妾《めかけ》を狙う女性は多かった。

そして女性と仲良く話すと、それが後でどんな影響を及ぼすかわからないので、話しかけられてもそっけない返事をするだけであまりコミュニケーションが取れないでいた。

入学した当初は、女性との付き合い、交流は望むところ！　といった感じだった。が、二年生になった頃、ある女子生徒と仲良く話していたら、知らない間にその女子生徒と結婚することになっていた。

あの時は焦ったな～。王様に頼み込んでどうにかしてもらったけど、僕の言葉で言質《げんち》を取られたり、二人っきりで長時間いたりするとまずいっていうのもあれで学んだんだよな～。それ以来、あまり迂闊《うかつ》なことはできなくなって、なんかちょっと浮いてる感じなんだよな～。

「クリフ様が多くの女性に言い寄られることは止められないので、私はそれに関しては何も言いません。私が第一婦人になることは譲りませんし。ですが限度があります。気づいたら婚約者が十人もいたとかはやめてくださいね」

「ははは。さすがに十人は……」

そんな話をしながら、入学式は始まった。


今年は去年みたいなことにならないように、警備の人数を増やしていた。だが、入学式が始まってからも生徒たちのヒソヒソ話が聞こえてきて、僕はうれしい気持ちとともに今年も色々ありそうだなと思うのだった。

「あれが生徒会長のクリフ先輩ね。かっこいいわ～」

「ホント、ホント。どうにかお近づきになれないかしら？」

「私もお父様からクリフ先輩と縁を結びなさいって言われてるわ」

「隣にいるのがセリーヌ王女様よね。クリフ先輩の婚約者なんでしょ？」

「セリーヌ様もすごく綺麗ね」

「まさに美男美女って感じだわ」

「クリフ先輩は去年も生徒会長でドラゴンも倒したらしいわよ」

「まじか!?　ドラゴンスレイヤーってやつか？」

「顔よし、実力ありって物語の主人公かよ!?」

「「「リア充、爆発しろ!!」」」

「「「結婚して!!」」」

男子生徒からは嫉妬や妬《ねた》みの視線が、女子生徒からは好意や黄色い声が降り注いでいた。

この後の生徒会長挨拶、ホントやりづらいな～。でも今年一年で高等学校も終わりか……将来のことも考えていかないとな。セリーヌはああ言ってたけど、僕だってハーレムの夢は諦めていない。まあ婚約者一歩手前の人が何人かいるから、その辺りのことと、今年は五年に一度の三大国交流戦があるから、帝国の勇者とかも気になるんだよな～。

五年に一度、王国、帝国、聖国の三大国が集まって交流戦を行うことが決まっている。簡単に言えば、それぞれの学校から選出された代表者による戦闘や研究発表などの競技が行われるのだ。

それぞれの国と交流するという目的だが、基本的には他の国には負けないぞ！　という各国の思惑が見える。

今年の開催場所は帝国なので、勇者パインとは必ず会うだろうと僕は思っていた。


そんなことを考えていると、僕の番が回ってきた。いつもは入学式の中盤にある生徒会長の挨拶だが、サリマン王国の英雄で王女の婚約者ということで、今年は式の締めに僕の挨拶があった。

名前を呼ばれた僕は壇上に上がるために席を立った。

「クリフ様、がんばってくださいね」

セリーヌが小声で応援してくれた。僕はその声に軽くうなずき、壇上へと向かっていった。

壇上に立って周りを見渡す。

去年も挨拶したけど、これだけの人に注目されるとやっぱり緊張するよな。

僕はこの国で英雄と言われているので注目度も非常に高い。新入生の中では僕を目標にしている生徒も多くいるだろう。参加している偉い人の中にも僕と縁をつなぎたい人も多いだろう。

僕が壇上に立つと、みんなが一斉に視線を向けて静まり返った。

やるしかない。開き直れ、クリフ!!

自分で自分を鼓舞し、僕は生徒会長の挨拶を始めた。

「皆さん、初めまして。知ってる人も多いとは思いますが、生徒会長のクリフ・ボールドです。本日入学した新入生の皆さん、おめでとうございます。今年から四年間、この高等学校で色々学ぶと思いますが、その中で皆さんに私から一つ、とても大事なことを伝えたいと思います。それは『努力をやめるな』ということです。この学校に入ったら自分よりも才能がある人、自分にできないことができる人が多くいます。ですが、そこで挫折せずに努力できる人が、将来、成功者になると思っています。自分が周りの人よりも優秀だと思っても、努力をやめないでください。そこで努力をやめてしまう人は二流です。どんな時でも決して投げ出さずに努力を続けてください。それがこの学校で楽しく過ごす秘訣です。これから同じ学校の生徒として一緒にがんばっていきましょう。以上を生徒会長の挨拶とさせていただきます」

挨拶を終えると、盛大な拍手が鳴り響いた。

よかった〜。とりあえずなんとか挨拶できたよ。ちょっと緊張したから、思ってたことをいくつか言えなかったけど、まあ及第点だろ。

そのまま壇上を降りようとすると、校長がマイクに向かって話し出した。

「すばらしいスピーチじゃった。努力をやめるな！　いい言葉じゃ。そんなクリフくんは努力をやめないために今年の目標なんかはあるかのう？　ぜひ聞かせてほしい」

「えっ？？」

予想していなかったことに僕は驚いた。

いやいや。こんなこと聞いてないんだけど？？　校長、どういうことだよ？

校長の方を見ると、ニヤニヤ顔と目が合った。

初めから狙ってたな!!　最近魔法を教えてって言われても無視してたからな。でもこんな場で仕返ししなくてもいいと思うんだけど……。まあ今年の目標は決まってたから、この場をまずは切り抜けるか。校長への対応はその後考えよう。覚えてろよ!!　校長!!

フーッと息を吐いて気持ちを落ち着かせた僕は、壇上に戻って話し始めた。

「校長から質問がありましたので、答えさせていただきます。今年の私の目標ですが、三大国交流戦において優勝することです。今年は五年に一度の王国、帝国、聖国の三大国での交流戦が帝国で行われます。王国の優勝はほとんどないと校長から聞いていますので、今年は王国の優勝を目指したいと思っています」

これよくよく考えれば、三大国交流戦のことを僕が挨拶で言えなかったから、校長がわざわざ出てきて言う場を整えてくれたんじゃ……。そういえばセリーヌにも、今年は交流戦があるから挨拶で目標を発表してくださいねって言われてたっけ。

「さすが生徒会長！　すばらしい目標じゃの。近年、我が校は交流戦での成績がよくない。じゃが、今年は生徒会長が優勝に導いてくれることじゃろう。一年生は残念ながら交流戦に参加することはできないが、交流戦で優勝した！　という実績は、みんなの学校生活において大きなプラスになると思う。生徒一丸となってこの王国高等学校を盛り上げていくのじゃ」

さすが、校長。最後に全部持っていったな。まあ、僕が挨拶をしっかりできなかったのが原因だな。反省しよう。

僕は壇上を降りて元の席に戻った。席に戻るとセリーヌに温かく迎えられた。

「校長に全て持っていかれましたね」

「ああ。でも仕方ないよ。さすが校長だね。僕もまだまだだ」

「でもクリフ様のスピーチ、かっこよかったですよ」

「ありがとう」

☆

入学式が終わり、新入生は帰っていった。

新入生以外は今日から学校が始まっている。なので、僕とセリーヌは教室に足を運んでいた。

「今日から最上級生ですね」

「そうだね、って言っても、メンバーは変わらないから新鮮味はあまりないけどね」

「そうですね。でも同じメンバーでずっとやってきたから、変わってしまうとそれはそれでさみしいですよね」

「たしかにね」

二人がSクラスに入ると、教室には一年生の時から変わらないメンバーたちがいた。

「おっ、クリフにセリーヌ！　おはよう！　入学式はどうだった？」

気さくに話しかけてくるのはイケメン主人公のマッシュだった。

「おはよう、マッシュ。そうだね。挨拶ちょっと失敗しちゃって、校長においしいところを全部持っていかれちゃったよ」

「クリフでも失敗することがあるんだな!!」

「僕だって人間だからね」

「たしかにそうだ!!」

マッシュとのやり取りに、クラスが笑いに包まれた。

やっぱりこのクラスは居心地がいいな。今年もこのクラスでもっともっと成長していくぞ。

Sクラスの雰囲気に、今年もやる気を出したのだった。


雑談をしていると、担任のフローラ先生が教室に入ってきた。Sクラスの担任は一年時から一緒だ。

「みんな、おはよう。クリフくんとセリーヌさんは入学式お疲れ様。四年生のSクラスを担当するフローラです。ってみんな知ってますよね。一年生の時からずっとメンバーが変わらずに最上級年を迎えることができて先生も鼻が高いです。このまま卒業までずっと同じメンバーで過ごせたら最高ですね」

するとマッシュが言った。

「これもクリフのおかげです」

「そうですね。クリフくんがみんなを鍛えてくれた成果ですね。知ってますか？　Sクラスのメンバーが一度も下のクラスに落ちずに四年間過ごしたことは、今までで一度もないんですよ」

「じゃあ僕たちが最初のクラスになりますね。それと僕のおかげってマッシュは言ってくれたけど、ここにいるみんながそれぞれがんばった成果だと思います」

「そうですね。クリフくんの言う通りです。今年は五年に一度の三大国交流戦もあります。交流戦は二年生から四年生のSクラス二十人が参加する、とても大きなイベントです。私は前回も参加しましたが、結果は最下位でした。今年はクリフくんを中心に優勝を目指しましょう」

「クリフがいれば優勝間違いなしだよな」

「クリフさんがいれば絶対優勝です」

「師匠なら優勝なんて当たり前」

そんなに褒められると恥ずかしいな。てか優勝優勝言ってたら優勝できないよ……それってフラグじゃん！　って言われるよ……。

「フローラ先生、三大国交流戦って具体的にどんなことをするんでしょうか？　初めてなのであまりよく知らないんですが」

「そうですね。具体的な説明は後日しますから、ここでは簡単に説明しましょう。というのも五年に一度の開催なので、どの生徒も一生のうち一度しか参加できません。まずは過去の交流戦を調べて、どのような競技があって、どんなメンバーが参加して、どのような結果だったのか、自分たちで調べて対策を立てる。これからのSクラスの課題とも言えますね」

なるほど。たしかにその通りだな。なんでもかんでも教えてもらうっていうのがよくないのはわかるし、自分で調べないと身につかないもんな。

「わかりました。自分たちで調べます」

「よろしい。では少しだけ三大国交流戦について説明しますね。参加者は二年生から四年生までのSクラスの二十人で総数六十人です。それが三か国なので全部で百八十人ですね。そして、それぞれのSクラスを五人ずつの四グループに分けます。『武』の生徒を二グループ、『文』の生徒を二グループに分けてもいいですし、混ぜて四グループ作ってもいいです。そしてそれぞれのグループが三か国で戦います。競技の種類は様々でそれぞれ得点がついて、最終的に一番得点が多い国が優勝となります」

なるほど。グループ分けからどんな競技に参加するのか考えないといけないんだな。これは僕の能力がいくら強くてもあまり意味がないな。総合力が大事になってくると。

「クリフくん。今、自分一人が強くても意味がない！　と思ったでしょ？」

「!?　……はい」

「実はグループ戦とは別で全生徒参加可能な個人戦もあるので、全然意味がないことはないんですよ」

フローラ先生は微笑みながらそう言った。

!? 思ってることがバレバレだな。でもそれなら先に言ってくれればよかったのに……。

「そうなんですね。安心しました」

「あとはみんなで調べてみてください。今年は優勝を目標にがんばりましょう。あっ、言い忘れてましたが、今年もクラス委員長はクリフくん、副委員長はセリーヌさんとマッシュくんにお願いするので、クラスをうまく引っ張っていってくださいね」

フローラ先生がそう言って教室を出ていくと、クラスのメンバーは僕の周りに集まってきた。

「クリフくん、三大国交流戦の件どうするの？」

「うん。ちょっとみんなで話し合おうか？　もう既に情報を持ってる人もいるかもしれないし」

それから集まったクラスメイトとともに三大国交流戦について話し合った。ちなみに一年の時から変わっていないSクラスのメンバーたちは順調に成長していた。

「さっきフローラ先生も言ってたけど、まずは三大国交流戦について知ってることを共有しよう。詳しく知ってる人いるかな？　マッシュは何か知ってる？」

「そりゃある程度は知ってるぞ。入学する時から俺が参加するのは四年の時ってわかってたからな。だからSクラスのメンバーなら、いつ参加するかわかってるから少しは調べてると思うぞ。なんせ参加するのはSクラスだけなんだからな」

「そうなの？」

「「「「もちろん」」」」

クラスの半数から三大国交流戦について知っている、という答えが出た。

「逆にクリフくんはなんで知らないの？　お兄さんとお姉さんも出場してるでしょ！」

「全然知らなかったよ……」

「まあどこか抜けてるところがクリフくんの特徴ですからね」

ソロンやマロンからいじられたが、僕自身は今年に入るまで三大国交流戦のことは全然知らなかった。

マッシュが代表しておおよそのところを説明した。

「三大国交流戦っていうのは五年に一度しかない。つまり……参加できない、応援及びサポートでの一年生の参加、二年生から四年生の競技での参加の五通りあるわけだ。しかもどれかに一回しか参加できない。俺たちは四年生での参加が生まれた時から既に決まってたってわけだ」

「なるほど……たしかに五年に一度だったら参加できない人もいるね。一年生も参加するの？」

「一年生は応援とサポートだな。参加者に欠場が出たら代わりに参加するんだ。だから一年生も三大国交流戦に参加と言えば参加だな」

「そうなんだ」

「それでだ！　二年生、三年生、四年生のそれぞれ二十人が五人ずつ四グループに分かれて競うわけだが、どの年代で参加するかによって競技の種類も変わってくる」

「えっ？？　競技の種類って別々なの？」

「ああ。だから四年生で参加することが決まってた俺たちは、必然的にどんな競技があるかは知ってるってことだ。Sクラスには貴族の子どもも多いから親から言われたりもしてるしな」

「僕は一言も聞いたことなかったよ」

「二年生の競技は二グループずつ参加の武道会と論文大会だな。武道会は比較的わかりやすい。『武』のやつらが二組に分かれて三か国でリーグ戦を行う。順位が決まれば一位が別の組の一位と戦って勝敗を決めるって感じだ」

「それなら同じ国同士で戦うこともあるの？」

「もちろんだ。その場合は単純に国のパフォーマンスみたいになるがな」

「なるほどね」

「論文大会も一緒だな。こっちは各国二組がそれぞれ魔法のことや魔道具のこと、まあ料理とか魔物のこととかなんでもいいんだが、研究したことを発表するんだ。それの成果によって順位が決まるって感じだな」

「なるほどよくわかったよ。さすがマッシュ」

「いやいや俺じゃなくても知ってるからな」

「三年生の競技はたしか、魔法なしの武道会と、武道なしの魔法大会、ダンジョンを使ったタイムアタック、魔物を倒すスピードを競うタイムアタックの四つだったと思うわ」

今度は侯爵家のソフィアが説明してくれた。

「三年生になると競技がかなり増えるんだね」

「ええ。ちなみに三年生は『武』と『文』の生徒を一緒にして五人組を四グループ作るのが一般的ね。どれも『武』の要素が強いから『文』の生徒だけだとすぐに負けちゃうわ」

「たしかに……かなりハードだね」

「ええ。でも三年生で三大会交流戦に出ることはわかっていたはずだから、みんなそれなりに鍛えているはずだよ」

「あれ？　そういえば三か国での武道会になるならトーナメントってどうなるの？」

「それは前回の優勝国が不戦勝になるわ。だから、今年は王国と聖国がまず戦って、勝てば帝国との決勝戦になるわね」

「なるほどね。ありがとう、ソフィア」

「いえいえ。クリフ様の役に立ててよかったわ」

ソフィアとは四年の間にかなり仲良くなった。どれほど仲良くなったかと言えば婚約者候補になるぐらいには……。ソフィアは侯爵家の人間だ。上位貴族ともなると親からの期待もすごい。何かにつけて接点があったので自然と仲良くなっていた。

「じゃあ四年生の競技については僕が説明しよう」

そう言ったのは今年から魔法研究会の部長をしているソロンだ。

「うん。よろしく」

「四年生の競技はなんでもありの武道会、攻城戦、統一テスト、宝探しの四つだね」

「四年生も競技が複雑だね」

「そうだね。四年生は『武』と『文』をそれぞれ一組ずつ作って、残りは混ぜて二組作るのが一般的だね」

「武道会が『武』で、統一テストが『文』って感じかな？」

「そうだよ」

「攻城戦っていうのは？」

「簡易的な建物にそれぞれの国の旗を立てて、それを守りながら他の二国の旗を奪う競技だよ」

「なるほど。それはけっこうハードだね」

「そうだね。組み分けもあるけどかなり難しいと思うよ」

「宝探しっていうのは？」

「だいたいは森を使うんだけど、いくつかの宝を森に隠しておいて二日間探索するんだ。最終的に多くの宝を保有した国の勝ちって感じだね。こっちは宝を見つけるだけじゃなく、奪われないように守ったりしないといけないから大変だよ」

「どの競技も難しそうだね……ありがとう、ソロン」

とりあえず三大国交流戦の概要はわかった。

まずは誰をどの競技にあてるかだな。でも僕が決めるよりもみんなの方が詳しいから、みんなに決めてもらう方がよさそうだ。

三大国交流戦のことを自分一人だけ知らなかったことにショックを受けたが、教えてくれたクラスメイトに感謝した。

そして、今年の三大国交流戦で優勝するためのメンバーの振り分けを決めようと、さらに話を進めるのだった。

「交流戦の競技についてはわかったよ。で、それぞれの出場メンバーについてはどうしようか？毎回どんな感じで決めてるとか、マッシュは知ってるかな？」

「いや、それは俺も知らないな。知ってる情報はここまでだ。出場メンバーの決め方とかはさすがに当事者じゃないとわからないな」

「他に知ってる人はいないかな？」

「……」

さて、どうしようかな？　ここでの組み分けはすごく大事だぞ。そして、それぞれの対策や訓練も必要だから決めるのは早い方がいいに決まってる。でも早めに決めることを優先して、不得意な分野に振り分けたりすると全体のマイナスになってしまう。難しいな……。

「じゃあ、どうやって決めようか？」

「それぞれ出たい競技の希望を出してみるのはどうかしら？」

「そうだね、シェリー。まずはそれぞれどの競技に出たいか聞いてみようか。ちなみにシェリーはどの競技に出たいの？」

「私は統一テストが一番役に立てると思うわ」

ん？　そういえば『文』だけの競技って統一テストしかないのか。じゃあ、みんな統一テストを受けたいのは当然か……。

「『文』の人はみんな統一テストを受けたいのかな？」

「それはそうですわ。だって他の競技は『武』のサポートになりますもの」

「だよね。じゃあ成績順に上から五人を統一テストのメンバーにする？」

「師匠！　それだと他の競技のサポートメンバーの負担が大きくなると思うよ。先に他の競技を決めて、残った『文』の人を統一テストのメンバーにする方がいいんじゃないの？」

「たしかにフレイの言うことも一理あるね」

「じゃあ他の競技を希望する人はいるかな？」

「クリフくんはどの競技に出たいの？」

「僕？」

そうだな～。単純にどの競技も魅力が高いんだよな～。もちろん統一テストは、満点取る、とか、出た問題でこの世界にない解答をして周りから驚かれる、っていうのもいいし……。いや、統一テストはないか。武道会はどうだろ？　無双するのもありだよな〜。攻城戦でゴーレムを大量に召喚したり、『転移』を使って一瞬で勝負を決めるっていうのもおもしろそうだ。宝探しも隠された宝を『探査』を使って全て見つけて『結界』を使って終わるのを待てば確実に勝てるだろうし……。それを考えればどの競技を選んでも問題ないな。うん。どれもテンプレ発生の可能性がある。逆にこれって決められないな。全部出られないかな……。

「う〜ん。考えてみたけど、迷って選べないね。逆に全部出てみたいって思ってるよ」

「さすがクリフくんだね」

「それでこそクリフ！　って感じだな」

いやいや本当に選べないんだよ!!　でも、逆に空いたところに僕が参加してもいいかも……。

「だから、みんなが希望を出して、それで空いたところに参加しようかなって思ってるよ」

「なるほど！　ジョーカー的に使うってことか。クリフを自由に使えるのは選択の幅が広がるな」

「クリフ様にこのクラスの弱いところを補ってもらう形ですわね。それはいいかもしれません」

「それじゃその線で決めようか」

「私はクリフ様に全てお任せします。クリフ様が選択してくれた競技を精一杯がんばりますわ」

「私も私もー!!　クリフくんが振り分けてよ。それぞれの得意分野もわかってるでしょ。クラス委員長としてよろしく」

「そうだな。クリフが決めたら文句も出ないか」

「「賛成!!」」

「わかったよ。じゃあ考えてみるね」

「クリフくん、お願いね」

「クリフ様、任せましたわ」

「クリフ、よろしくな」

「クリフなら、俺が活躍できる競技を選んでくれるよね」

「さすがクリフ様です」

「クリフ様なら間違いないわね」

「さすが師匠！　さす師です」

みんなの期待がやばい……胃が……。

「一人じゃさすがに決められないから、セリーヌとマッシュ、決めるの手伝ってもらっていい？？」

「もちろんです」

「構わないぜ」

「じゃあ早く決まった方がいいし、この後、僕の家で話し合えるかな？」

「セリーヌ。クリフ様の家で話し合い、うらやましいわ」

「役得よ。ジャンヌもがんばらないと置いていかれるわよ」

「言われなくてもわかってるわ」

「久々にグランさんに会えるな。クリフ！　グランさんは家にいるのか？」

「もちろん。グランもスイムもクインもいるよ」

「よっしゃー!!　テンション上がるぜ。クリフ！　すぐに行こうぜ」

「マッシュ……」

「リーネ！　心配するなって。あいつはお前のことをほったらかしたりしないから」

「マロン……ありがとう」

マッシュは入学した時から取り巻きというか、仲の良い友人が二人いた。マロンとリーネだ。入学当初から仲の良かった三人だが、三年の間に関係性も進んでいた。マッシュとリーネは親公認の婚約者同士になりそうなほど仲を深めていた。

だが、マッシュは僕の従魔であるグランに一目惚《ぼ》れしてしまった。マッシュはすぐにグランに想いを伝えたが、いい返事はもらえなかった。それはそうだろう。グランは異世界のスライムなのだから……。

マッシュはグランに一目惚れしているからといって、リーネに冷たく当たることはしない。リーネもマッシュがグランに好意を持っているのは知っている。その上で婚約者となって支えていこうと決めているのだ。

だが、グランとの関係が進まないと、マッシュとリーネの関係も進まない。リーネはもどかしさにため息をついているようだった……。

☆

僕は三大国交流戦のメンバー振り分けを決めるため、セリーヌとマッシュとともに家に帰った。

「ただいま～」

「お帰りなさ～い」

スイムとクインが出迎えてくれた。

「今日はセリーヌとマッシュも一緒だよ」

「スイムちゃん、クインちゃん、こんにちは。お邪魔しますね」

「よろしくな」

「セリーヌさん、マッシュさん、こんにちは。どうぞ中へ」

「スイムちゃん、グランさんはいないのかな？」

マッシュはグランのことが気になるようだ。

「グラン姉様は部屋で寝てますよ」

「そうか……」

「セリーヌもマッシュも座ってよ。早くメンバーを振り分けないと。あっ、クイン！　僕とセリーヌとマッシュにお茶をよろしく」

「了解で～す」

クインはお茶を用意するために部屋を出ていく。

「それじゃメンバーを決めようか。人数は二十人。四グループに分けるんだよね」

「はい」

「じゃあとりあえず僕は最後に残ったところに入るから、まずセリーヌとマッシュをどこのグループにするか決めようよ。できれば各グループのリーダーになってほしいから、僕たちは別々に分かれた方がいいと思うんだよね」

「たしかにクリフの言う通りだな。じゃあまず俺から決めようか。俺は武道会か攻城戦がいいかな。宝探しはあんまり乗り気じゃないな」

そうだな。マッシュは戦いメインが一番いいよな。どちらかと言えば武道会が合ってる気がする。攻城戦は頭も使うから、リーダーは指揮とかが得意な人がいいよな～。

「マッシュには武道会を任せるよ。それでマッシュをリーダーとしてメンバーを選んで。魔法もありなことを考えると、バランスよく選出してほしい。メンバーは全員『武』のメンバーから選んでね」

「わかった。たしかに『文』のメンバーでは荷が重いよな」

「そうですわね。クリフ様、私はどうしましょうか？」

「セリーヌには攻城戦のリーダーをしてもらおうかと思ってるよ。セリーヌは頭がいいし、ある程度魔法も使える。もちろん『武』のメンバーと比べたら力は劣るかもしれないけど、直接戦うわけじゃないんだ。考えて行動すれば十分やれると思う」

「クリフ様がそう言うのであればがんばります」

「うん。で、セリーヌは『武』から三人、『文』から一人、選んでくれるかな？」

「じゃあクリフが宝探しに出るのか？」

「そうだね。僕と『武』から一人、『文』から三人選んでやってみようかと思ってるよ」

「クリフ様、それはさすがにきつくないですか？」

「たしかにそうかもしれないけど、今から準備することもできるしね。どれかを捨てるとかじゃなくて、できれば全部勝ちたいじゃん!!」

「さすがクリフ。わかった。俺も協力するよ。まずはクリフとセリーヌがメンバーを選んでくれ。それで残った『武』のメンバーで協力して、俺たちは武道会で優勝する」

「わかりましたわ。私も選んだメンバーと協力して攻城戦の優勝を目指します」

「うん。それぞれの訓練で必要なことがあったら言ってよ。僕も手伝うからさ」

「我も手伝おう!!」

声のした方を見ると、グランが部屋に入ってきた。

「グラン？」

「話は聞いていたぞ。何やらおもしろそうなことがあるようじゃな。我も協力しよう」

「グランさん!! 本当ですか？ よし!! やるぞ俺は!!」

マッシュのテンションがすごく上がった。

「あらあらマッシュさん、すごい喜びようですね」

「そりゃそうだろ！ グランさんが指導してくれるんだぞ!! こりゃ優勝ももらったようなもんだろ!!」

「グラン！ ほどほどにね」

「うむ。我に任せておけ」

「「私も手伝う～」」

スイムとクインも手伝ってくれるようだ。

「グラン、スイム、クイン、ありがとう」

「よし!! 三大国交流戦、絶対優勝するぞ～！」

「「お～！」」

その後、僕とセリーヌ、マッシュがそれぞれのメンバーを決めた。これで四年Sクラスの競技の振り分けが無事に決まった。あとは三大国交流戦が始まるまでにそれぞれが必要な準備をしていくだけだ。

【武道会出場メンバー】
マッシュ・ステイン：伯爵家長男、Sクラス副委員長
ルイン・ミッドガル：男爵家長男、マッシュの親友でライバル
ソロン・マーリン：子爵家次男、魔法研究会部長
マロン・メビウス：男爵家長男、マッシュの親友
タフマン・サッカー：男爵家長男、クリフの弟子

【攻城戦出場メンバー】
セリーヌ・サリマン：王国第二王女、副生徒会長、Sクラス副委員長
ユウリ・ルート：伯爵家次女、セリーヌの親友
マーク・ハーマン：子爵家長男、セリーヌの護衛
ドラン：平民、『土魔法』使いでゴーレム使い
フレイ・ファイン：侯爵家長女、クリフの弟子

【宝探し出場メンバー】
クリフ・ボールド：辺境伯家次男、生徒会長、Sクラス委員長
フィル：エルフ、風紀委員長

アリス：平民、生徒会書記
シェリー・コールマン：子爵家次女、アリスの友人
ロイド：平民、魔道具研究会部長

【統一テスト出場メンバー】
ジャンヌ・ユーティリア：公爵家次女、クリフの婚約者候補
ソフィア・アルベルト：侯爵家次女、クリフの婚約者候補
リーネ・モートン：男爵家長女、マッシュの婚約者候補
ポロン：平民、ミラクル商会会長の息子
バネッサ：平民、図書委員長

☆

翌日。学校に着くと早速、Sクラスのメンバーに競技振り分けについて話した。

「昨日、セリーヌとマッシュと話し合って各競技のメンバーを決めたよ。もしかしたら希望してる競技と違うかもしれないけど、このメンバーならそれぞれの競技で優勝できる！　ってメンバーを選んだつもりだから協力してほしい」

僕はそう言って、武道会、攻城戦、宝探し、統一テストのメンバーを読み上げた。

「それで武道会はマッシュがリーダー、攻城戦はセリーヌがリーダー、宝探しは僕がリーダーで、統一テストはジャンヌがリーダーで行こうと思う。三大国交流戦は今年一番のイベントだ。僕もまだ自分の競技の内容や、他の競技の内容を詳しく知らない。ただ、今から準備したら十分間に合うと思うから、みんなでがんばろう‼」

セリーヌとマッシュには昨日リーダーをお願いしていたが、ジャンヌはいなかったので、みんなに話す前にリーダーの件については話していた。ジャンヌは快く引き受けてくれた。ただ、「リーダーをするから統一テストで優勝したらお願いを聞いてくださいね！」と言われ、一応承諾していた。まあ、ジャンヌがそれでがんばってくれるなら安いもんだよな。

「とりあえず今日のところは、自分が参加する競技について知ってくれたら大丈夫だから。で、セリーヌとマッシュとジャンヌは授業が終わったら教室に残っててくれるかな？　リーダーだけで先に打ち合わせをしておきたいんだ」

「わかった」

「「わかりましたわ」」

授業が終わり、Sクラスの教室には四人のリーダーがいた。

「来てくれてありがとう。まだ三大国交流戦は先だけど、四年生として無様な姿は見せられないから、今からでも準備していきたかったんだ」

「はい。私もクリフ様の言う通りだと思いますわ」

「ああ、クリフが言ってることは間違ってないぜ」

「クリフ様、私もがんばりますわ」

「ありがとう。それで早速どうやっていくかなんだけど、マッシュは武道会についてはある程度知ってるの？　例えば、戦いは個人戦なのかな？　団体戦なのかな？　それと帝国や聖国のメンバーとかも知ってたりするのかな？」

帝国は勇者がいるからどれかに必ず参加してくるよな。また絡まれたら困るし、もっと力をつけておかないと……。

「武道会は個人の勝ち抜き戦だな。今年は俺たち王国と聖国が先に戦って、勝った方が決勝で帝国と戦うって感じだな。帝国や聖国のメンバーは正直あまり知らないな。帝国には勇者がいるだろ？　どれに出るかわからないけど、武道会に出てくるとやばいな……」

「勇者……」

「やっぱり勇者がどれに出るかで変わってくるのか……武道会で勝ち抜き戦なら厳しいか。でも絶対ってわけじゃないだろ！　とりあえず個人戦ならマッシュたちには個人のレベルアップが必須だ。一度ダンジョンに行ってみんなでレベル上げするのもいいかもしれないな」

「おっ!!　それは名案だな!!」

「セリーヌはどう？　攻城戦については知ってる？」

「詳しくはまだ知りませんが、王城に資料があると思いますので、戦術とかの勉強はしておきます。私もマッシュさんと同じようにレベルアップは必須だと思ってます。個人の力が増す分には悪いことはありませんから」

「だよね～。じゃあセリーヌも。って、Sクラスはまとめてダンジョン合宿みたいなのもおもしろいかもね」

「それはいいな。ちょっと先生に相談してダンジョン合宿を授業でできないか聞いてみようぜ」

ダンジョンでのレベリングか～……僕とグランがいればSクラス二十人なら問題ないよね。

「僕は宝探しについてはよくわかってないから、とりあえず図書館で資料を探して情報収集かな。みんなが教えてくれた内容である程度のことはわかるから、個人のレベルアップの後は五人での連携に力を入れる感じかな」

「私は統一テストですので、しっかり勉強しておく感じですわね。出題される傾向とかはクリフ様と同じく図書館で調べてみますわ」

四人での打ち合わせが終わり、結論は個人個人がレベルアップする!!　ということで落ち着いた。

僕は帰りながらレベルアップについて考えていた。

それにしても帝国の勇者か～……あの時は余裕で勝てると思ったけど、引き分けで終わったもんな～。てか負けてたよな……。でもあれから僕はかなり努力した。限界を超えてステータスも上限になってるから負けないとは思うけど……心配は心配だよな～。それに勇者も『限界突破』のスキルがありそうなんだよな～。

ダンジョンに行っても、みんなのレベル上げを手伝ってたら僕のレベルは上がらない。そもそもレベルが上がっても能力が増えないからあまり意味がない……か……でもグランは僕より圧倒的に強いよな～……きっと今の限界を超えるスキルも存在するんだろうな～……変身する度に強くなる戦闘種族とかもいるわけだし。その点はグランに聞いてみるか。自分の限界を超えつつ、クラスのみんなのレベルを上げる。うん。これが最優先事項だな。

勇者の強さがわからないので、僕は鍛えられるだけ鍛えることにした。それしか方法がないので楽観的にならず、さらに努力することにしたのだった。

☆

「グラン、ちょっといいかな？」

「マスターよ、どうしたのじゃ？」

「ちょっとグランに聞きたいことがあってね」

僕は、ステータスが限界になって頭打ちになっていること、それでもグランには敵《かな》わないので、限界をさらに超えるスキルなんかがあるかもしれないと思っていること、今年の三大国交流戦では勇者と戦うことになると思っていること、勇者の能力が未知数で不安があること……をグランに話した。

「なるほど。そういうことか。わかった。まずはステータスの話じゃな。マスターは我のステータスを知っているか？」

「いやわからないよ。『鑑定』したことはあるけど測定不能って出るんだ」

「まあそうじゃろうな。我の場合は数値として表れなくなっているからな」

「数値として表れない？？？」

「まあ見た方が早いじゃろ。見られるようにしたから、ステータスを確認してみるといいぞ」

僕はそう言われてグランを『鑑定』した。

【名　前】グラン
【年　齢】３３２５歳
【種　族】スライム族
【身　分】グラトニースライム
【性　別】女
【属　性】火・闇・時空

【加　護】
【称　号】　災厄・クリフの従魔
【レベル】　上限マックス
【Ｈ　Ｐ】　無敵です
【Ｍ　Ｐ】　開示する意味がありません
【体　力】　スタミナは減ることがありません
【筋　力】　どんなモノでも持ち上げられます
【敏　捷】　本気を出せば光より速いです
【知　力】　知らないことってあるの？
【魔　力】　世界を滅ぼさないでください
【スキル】　暴食・人化・創造魔法

「何これ？」

これぞテンプレ!?　って感じだな。さすがグラン。なんて言えばいいのか……。

「見たか？　我も初めはマスターの言うように数値が出ていたのじゃが、いくつぐらいだったかな、レベルが１００００ぐらいじゃったか、気がつけばこんな感じになっておったのじゃ」

「レベル１００００!?」

「ちなみにマスターのレベルはいくつなのじゃ？」

「……250」

「…………」

「まあ我はこれでも三千年ちょっと生きているからのぉ。それにマスターが言っていた勇者とは、ともに戦ったり、時には敵として戦ったりもしておるから、様々な経験もしておる」

「グランは勇者と一緒に戦ったことがあるの？」

「もちろんじゃ。どこの世界にもだいたい勇者はおるからのぉ。まあ全ての勇者がいいやつとは限らぬが……」

「どういうこと？」

「我は今までに五人の勇者と会ったことがある。どれも違う世界だったがのぉ」

「五人も？」

「ああ。共通しているのは、どの勇者も強い力を持っていたということじゃ。我も今ほど強かったわけではなかった」

「やっぱり勇者って強いんだな」

「そりゃあ特別な力を持っているし、世界に一人しかいないからな。我の場合は二人の勇者とはともに魔王と戦った。そして三人の勇者とは敵対した」

「敵対!?　勇者と戦ったってこと？」

「そうじゃ。勇者は魔王を倒すために存在するわけじゃが、全ての勇者が魔王を倒すわけでない。なぜなら勇者とて人間じゃからな。我が勇者とともに魔王を倒した時は、長いこと一緒に旅をしていた。その時に勇者と話すことが多かったのじゃが、いつも悩んでいたぞ。どうすればいいのかわからないって」

「どういうこと？」

「魔王に攻められた街があって、助けた時のことじゃ。我らは街に攻め込んできた魔王の手下を撃退した。それによって街は救われたんじゃが、多くの犠牲があった。犠牲になった者の家族や親しかった者は、勇者を責めるのじゃ。なんでもっと早く来てくれなかったんだ？　とな」

「それは……」

「それにその勇者は魔王を倒した後は、国に殺されてしまったんじゃ。強すぎる力は周りから邪険にされるからのぉ。我が行った時には既に死んでおったわ。結局、国に都合よく使われて、用が済んだら捨てられるってことじゃ」

なるほどねぇ。たしかに異世界小説でも、勇者は召喚された瞬間に奴隷にされて死ぬまでこき使われるっていうのはよくあったけど、どの世界でも勇者って扱いがひどいんだな。ゲームみたいに華やかな職業じゃないのか……。

「そっか……」

「反抗しないように奴隷にする所もかなりあると聞いたことがある」

「そっか……。敵対したっていうのは？」

「結局、都合よく使われることに気づいたら、特別な力を持っているのじゃ、欲望のままに行動する者は少なくない。悪魔に魅入られたり、自由に冒険者として勝手気ままに行動したりする勇者も大勢おるのじゃ。それで我を捕らえて奴隷にしようと挑んできたのが三人いたのじゃ。それまでは負け知らずだったんじゃろうが、我が引導を渡してやった」

「グランは色々経験してるんだね」

「だからマスターが勇者のことを警戒しているのはよくわかる。マスターの話によれば、その勇者は魔族の誘惑に負けている可能性もあろう。勇者の力だけでもやっかいなのに、そこに魔族の力が加われば、かなり面倒な感じがするのぉ」

「闇落ちしてるってこと？？」

「可能性としては大いにあるのぉ。正直、真面目に魔王討伐してる勇者の方が少数じゃ。勇者にとって、魔王を倒しても何もいいことなんぞないからのぉ。その上、期待されて行動も制限される。だいたいの勇者は、早い段階でわがままになったり横暴になったりするものじゃ」

「たしかにあの勇者はそんな感じだけど……」

「まあそれは三大国交流戦？　というのに行けばある程度はわかるじゃろ。じゃがそれまでに、マスターには今の限界を超えてもらうぞ」

「できるの？」

「もちろんじゃ。我はこの世界のこともマスターのことも気に入っておる。我が修行をつけようぞ」

「グラン！　助かるよ。よろしくね」

「わかったのじゃ」

僕はグランから勇者の話を聞いて、改めて気を引き締めた。そして自身のレベルアップのために、グランと修行の日々を送ることになったのであった。

第46話　スライム流レベル上げと言えば……

僕はグランの話を聞いて、勇者に対する警戒度を上げた。

勇者の存在はやはり無視できない。今の僕は勇者より強いかもしれないけど、もしかしたら弱いかもしれない。強いならさらに差を広げるために努力しないといけないし、弱いなら努力して勇者より強くならなくちゃならない。

僕はグランに自身の鍛錬をお願いした。

「グラン！　前に言ってた僕の修行をお願いできないかな？　グランの話を聞いて、もっともっと僕は強くならなくちゃいけない！　って思ったんだ。勇者に、帝国に、魔王に勝つために。僕はこの世界を楽しむために誰にも負けたくないんだよ」

「マスター⁉　やる気じゃな！　わかったのじゃ。我が修行をつけてやろう。そうじゃな……ここでやると周りに被害が出すぎるのじゃが……」

「そうなの？」

「ああ。マスターの力はこの世界では既にトップクラスじゃ。そんな存在と我が修行……例えば、戦闘をしてみよ。この辺りは永久に草一本生えない荒野になるぞ」

「まじっすか……」

「だがどうするか……別の異世界でダンジョンを攻略してもいいが、マスターを別の世界に連れていくと色々と影響が心配じゃ。なら……我の作った世界で……」

「どう？」

「うむ。決まったぞ。マスターには我の作った異世界空間で我の眷属《けんぞく》と戦ってもらう。そこでレベルアップすることにしよう」

「グランの作った異世界空間？　グランの眷属？」

「うむ。そうじゃ。まあ簡単に言えばスライムを倒してレベルを上げろ！　ってことじゃ」

「それって⁉」

まじか⁉　スライムでレベル上げってもしかして……。お約束の銀色のスライム？　メッチャ硬くて攻撃しても1しかダメージが与えることができない、ＨＰが少なくて急所を突けば一撃で倒せる、メッチャすばやくて出会った瞬間七割以上は逃げ出す、倒せば大量の経験値をくれて一瞬でレベルが上がる……あのスライムのことか‼

「グラン！　やろう！　すぐやろう！　今すぐやろう！　スライムはどこにいるんだ？」

僕はグランに近づいて食い気味に要求した。

「マスターよ。ちょっと待つのじゃ。異世界空間を作るから少し待つのじゃ。せっかちじゃの～」

だってあのスライムに早く会いたいじゃん。

グランは何やらブツブツ唱えながら集中し出した。邪魔するのも悪いので僕はその様子をずっと眺めていた。

しばらくすると――

「できたぞ。それでは行こうか。初めは我もついていくとしよう」

「えっ⁉　なんで？　異世界空間に行ってスライムを倒せばいいんでしょ？」

「簡単には言うが、我の眷属ぞ？　下手するとマスターが死んでしまうかもしれん」

「えっ……」

そんな強いの？　だってすばやさと魔法無効を持ってるだけのスライムじゃないの？

「まあ、我がそばにいれば死ぬことはないと思うがのぉ」

☆

グランに連れられて、僕はグランの作った異世界空間に入っていった。

そこは本当に何もない真っ白い空間で、この世界に転生する前に神様と会った空間に似ていた。

「ここがグランの作った異世界空間？」

「うむ。と言っても何もないがのぉ～」

「じゃあ、早速修行をお願いしようかな」

「わかったのじゃ。じゃあまずは五匹ぐらいからいくかのぉー」

グランはそう言うと、スライムを五匹呼び出した。出てきたスライムは僕の予想通り、銀色のスライムだった。

思っていたスライムだったことに感動したが、一応、本当に念のため、グランに尋ねた。

「銀色のスライムって初めて見るけど、強いの？」

「もちろんじゃ。まあシルバーは序列で二番目じゃから、まだ上位のスライムはおるんじゃがな。マスターの修行じゃから、まずはシルバースライムからじゃな。難なく倒せるようになれば次はゴールドスライムを呼ぶ予定じゃ」

ん？　シルバー？　ゴールド？　銀色のスライムは大量経験値で金色のスライムは大量のお金を

落とすんじゃ……。

グランの言葉に、シルバースライム五匹はいきなり姿を人型に変えた。それぞれが顔がのっぺらぼうの銀一色の人型に……。

「えっ？　グラン、人型に変わったよ？」

「そりゃスライムサイズじゃと戦闘にならんじゃろ？　人型の方がマスターの戦闘訓練になる」

えっ？　思ってたスライムと違うんだけど……。

気づいた時には遅かった。

シルバースライムはそれぞれが手に剣、斧、槍、弓、杖を持っていた。剣と斧と槍を持っているスライムは僕に近くから攻撃を、弓と杖を持っているスライムは遠くから攻撃を仕掛けてきた。

「やばっ!?」

僕は急いで神剣デュランダルを取り出して応戦した。振り下ろされた剣を弾いて攻撃するも、ガキンという音とともにその攻撃は弾かれた。

「効かない!?」

「マスターよ。そのスライムはちょっとやそっとの攻撃じゃビクともしないぞ。剣の使い方一つとっても考えて行動するのじゃ。でないとマスターといえどもすぐにやられてしまうぞ」

いやいや、デュランダルの効かないやつにどうやって対応しろと……しかもどうせ魔法も効かないんだろうし……。

テンプレを予想していた僕の期待を大いに裏切ったスライムたちは、僕の攻撃を難なく防ぎ、僕をボコボコにするのだった……。

☆

僕がグランの異世界空間に入って一週間が経過した。

その間、僕はひたすらシルバースライムと戦ったが、いまだにボコボコにされていた。

どう考えてもいきなり五匹と戦闘って無理があるよな。普通一匹ずつじゃね？　一匹倒せたら二匹、二匹倒せたら三匹って感じで数を増やしていかないと、僕の精神と体力がもたないよ……。

この一週間、シルバースライムと戦ってはボコボコにされ、そのまま一日が終わり、ようやく家に帰れる、と思えばグランが食事とベッドを持ってきて、「シルバースライムを倒せるようになるまでは修行は継続じゃ」と言って、僕は家に帰ることができなかった。

だが一週間も経てば、僕がいないことにみんなが気づくだろう。なのでグランに尋ねた。

「なあグラン。そろそろ一回家に戻らないか？　一週間もいなくなればみんな心配するだろう？まあシルバースライムを倒せなかったのは悔しいけどさ。こういうのは少しずつ修行すればいいんじゃないのかな？」

「マスターよ。安心してよいぞ。そもそもここの異世界空間とマスターのいる世界では時間の流れが違っている」

「えっ⁉　それって……」

それって、まさかよくある、ここでの一年は向こうでの一日、みたいなやつなんじゃ……。

「うむ。ここで一年間修行しても、マスターの世界では一日しか経っておらん。だから安心して修行できるぞ」

「オー‼　ノー‼　それってもう戦闘民族が短期間で強くなるために修行する場所じゃん。テンプレもテンプレじゃん‼」

「テンプレ？？」

「いや……まあこっちの話だよ。そっかー……一年間修行できるんだ……」

僕は今日、一度家に帰れると思っていたので、それが叶わず、今後もシルバースライムにボコボコにされることを想像すると憂鬱《ゆううつ》になった。

「なあグラン、スライムって一度に五匹も相手するのに意味ってあるのか？　ここ一週間戦ってるけど僕ってボコボコじゃん。なら五匹じゃなくて一匹を相手にした方が修行になるんじゃないの？」

「マスターよ、一匹では修行にならぬよ。それに、ボコボコにはされているがマスターは順調に強くなっておるぞ。自分のステータスは確認したか？」

「いや、してないよ」

「なら一度自分のステータスを見てみるとよいぞ。我の言ってることがわかるじゃろうからな」

僕は自分のステータスを確認してみた。

【名　前】クリフ・ボールド
【年　齢】14歳
【種　族】人族!?
【身　分】辺境伯家次男
【性　別】男
【属　性】全属性
【加　護】創生神の加護・魔法神の加護・剣神の加護・武神の加護
戦神の加護・愛情神の加護・スライム神の加護
【称　号】(転生者)・神童・大魔導士・Sランク冒険者
大賢者の再来・Aランクダンジョン攻略者・学校首席
王国の守護者・ドラゴンスレイヤー・スライム愛好家
セリーヌの婚約者・女たらし・ハーレム野郎
真の勇者!?・人類最強!?・グランの弟子【NEW!】
【レベル】300
【H　P】350000

【ＭＰ】９０００００
【体力】９９９９９
【筋力】９９９９９
【敏捷】９９９９９
【知力】９９９９９
【魔力】２９９９９９
【スキル】鑑定・アイテムボックス・全魔法適性・隠蔽・全武器適性
無詠唱・身体強化・気配察知・消費ＭＰ軽減・戦闘補正Ｓ
状態異常無効・転移魔法・創造魔法・限界突破
全魔法ＬＶ10・全武器ＬＶ10

「レベルが50も上がってる⁉」

「じゃろ？」

「モンスターを倒さなくてもレベルって上がるんだね！」

「まあ経験したことによってレベルというのは上がるものじゃからな」

「そうなんだ。でも体力とか筋力はやっぱり上がってないね」

「そこはレベルが５００を超えた辺りから上昇するのじゃ。レベル５００になれば『限界突破Ⅱ』

のスキルを取得するはずじゃからな」

「『限界突破Ⅱ』？」

「うむ。そのスキルがあれば、今の十倍までステータスは伸びるじゃろ。勇者が『限界突破』を持っていたとしても、レベル５００までは達していないと思うのじゃ。じゃからそれをマスターが獲得すれば多少は安心できるじゃろ！」

「ステータス十倍……それはまた……みんなとの差が広がるな～……」

「そこはもう気にしたらダメじゃな。我なんかはどうやって手加減するかを常に考えておるからのぉ」

自重しろよ‼　ってやつか……まあ周りから自重しろ！　って言われるのはチートの証《あかし》みたいなところがあるもんね。

「わかったよ。じゃあグラン、引き続き修行よろしく」

「わかったのじゃ。レベルも上がったしスライムを一匹追加しようかのぉ～」

「え～……マジ⁉」

「マジじゃ！」

僕はそれから日々スシルバーライムにボコボコにされながら、グランの異世界空間で修行に励んだ。

それはもう毎日ボコボコにされながら、毎日傷だらけになりながら、毎日シルバースライムにバ力にされながら、毎日逃げ回りながら、愚直に修行を重ねた。

☆

そして、異世界空間で一年が経つと、僕はシルバースライムが二十匹いても難なく倒せるようになっていた。

「マスターよ。さすがじゃな。もうシルバースライムでは何匹いても勝負にならぬな」

「そうだね。始めた頃がウソみたいだよ。これもグランのおかげだね。無事に限界も突破できたし」

「よかったのじゃ。それじゃ久々に家に戻るかのぉ？」

「そうだね」

「と言っても、向こうは一日しか経っておらぬがのぉ」

一年間の修行を終えた僕とグランは元の世界に戻った。

僕は予定通り、限界を超える力を身につけたのだった。

風波しのぎ
Kazanami Shinogi
シリーズ累計
250万部！
（電子含む）
THE NEW GATE
ザ・ニュー・ゲート
01~22
2024年 待望の
TVアニメ化！
コミックス
1～13巻
好評発売中！
風波しのぎ
Kazanami Shinogi
THE NEW GATE
ザ・ニュー・ゲート
01 終わりと始まり
500年後のゲーム世界で繰り広げられる
絶対覇者《ハイヒューマン》バトル！
驚異的人気のWeb小説、待望の書籍化！
アルファポリス
オンラインゲーム最強プレイヤー、降臨
デスゲームと化したVRMMO―RPG「THE NEW GATE」は、最強プレイヤー・シンの活躍により解放のときを迎えようとしていた。しかし、最後のモンスターを討った直後、シンは現実と化した500年後のゲーム世界へ飛ばされてしまう。デスゲームから“リアル異世界”へ――伝説の剣士となった青年が、再び戦場に舞い降りる！
各定価:1320円（10%税込）
1～22巻好評発売中！
illustration：魔界の住民（1～9巻）
KeG（10～11巻）
晩杯あきら（12巻～）
漫画：三輪ヨシユキ
各定価：748円（10%税込）
原作：風波しのぎ 漫画：三輪ヨシユキ
THE NEW GATE
ザ・ニュー・ゲート
1
デスゲームから500年後のゲーム異世界
絶対覇者降臨
新たなる無双伝説開幕!!
大人気ファンタジー待望のコミカライズ！
アルファポリスHPにて大好評連載
アルファポリス 漫画
検索

異世界へと召喚された平凡な高校生、深澄真。彼は女神に「顔が不細工」と罵られ、問答無用で最果ての荒野に飛ばされてしまう。人の温もりを求めて彷徨う真だが、仲間になった美女達は、元竜と元蜘蛛!? とことん不運、されどチートな真の異世界珍道中が始まった!

2期までに
原作シリーズもチェック!

●各定価：1320円(10%税込)
●illustration：マツモトミツアキ

1~19巻好評発売中!!

漫画：木野コトラ

●各定価：748円(10%税込) ●B6判

コミックス1~13巻好評発売中

現代日本のようでいて、普通に「ダンジョン」が存在する、ちょっと不思議な世界線にて——。いまや世界中で、ダンジョン配信が空前絶後の大ブーム! 配信者として成功すれば、金も、地位も、名誉もすべてが手に入る! ……のだが、普通の高校生・神木拓也は配信者としての才能が絶望的になく、彼の放送はいつも過疎っていた。その日もいつものように撮影していたところ、超人気美少女インフルエンサーがモンスターに襲われているのに遭遇。助けに入るとその様子は配信されていて……突如バズってしまった!? それから神木の日常は大激変! 世界中から注目の的となった彼の、ちょっぴりお騒がせでちょっぴりエモい、ドタバタ配信者ライフが始まる!

◎定価:1320円(10%税込) ◎ISBN 978-4-434-33330-9 ◎illustration:タカノ

この作品に対する皆様のご意見・ご感想をお待ちしております。
おハガキ・お手紙は以下の宛先にお送りください。

【宛先】
〒 150-6019 東京都渋谷区恵比寿 4-20-3 恵比寿ｶﾞｰﾃﾞﾝﾌﾟﾚｲｽﾀﾜｰ 19F
（株）アルファポリス　書籍感想係

メールフォームでのご意見・ご感想は右のＱＲコードから、
あるいは以下のワードで検索をかけてください。

アルファポリス　書籍の感想　検索

ご感想はこちらから

本書は Web サイト「アルファポリス」（https://www.alphapolis.co.jp/）に投稿されたものを、
改題・改稿、加筆のうえ、書籍化したものです。

辺境伯《へんきょうはく》家《け》次男《じなん》は転生《てんせい》チートライフを楽《たの》しみたい２

ベルピー

2024年１月31日初版発行

編集－佐藤晶深・芦田尚
編集長－太田鉄平
発行者－梶本雄介
発行所－株式会社アルファポリス
〒150-6019 東京都渋谷区恵比寿4-20-3 恵比寿ｶﾞｰﾃﾞﾝﾌﾟﾚｲｽﾀﾜｰ19F
TEL 03-6277-1601（営業）　03-6277-1602（編集）
URL https://www.alphapolis.co.jp/
発売元－株式会社星雲社（共同出版社・流通責任出版社）
〒112-0005 東京都文京区水道1-3-30
TEL 03-3868-3275
装丁・本文イラスト－Akaike
装丁デザイン－AFTERGLOW
印刷－図書印刷株式会社

価格はカバーに表示されてあります。
落丁乱丁の場合はアルファポリスまでご連絡ください。
送料は小社負担でお取り替えします。

ISBN978-4-434-33337-8 C0093